약산과
김원봉의 항일 투쟁 암살 보고서
의열단

약산과
의열단

김원봉의 항일 투쟁 암살 보고서

박태원 지음

의열단장, 약산 김원봉

| 차례 |

제1   어린 시절   9

제2   해외로 나가서   21

제3   의열단 탄생   37

제4   제1차 암살파괴계획   44

제5   부산경찰서 폭탄사건   58

제6   밀양경찰서 폭탄사건   68

제7   조선총독부 폭탄사건   74

제8   상해 황포탄 사건   100

제9   제2차 대암살 파괴계획   123

제10 동경 2중교 폭탄사건   185

제11 제3차 폭동계획   221

제12 북경 밀정 암살사건1   226

제13 북경 밀정 암살사건2   241

제14 경북 의열단 사건   245

제15 식은·동척 습격사건   252

제16 잊히지 않는 동지들   270

후기   281

제1

어린 시절

선생은 이름이 원봉元鳳이오 호는 약산若山이니, 서기 1898년 음 3월 13일 경남 밀양의 한 가난한 농가에 태어났다. 부친은 김주익金周益, 모친은 월성 이씨다.

아일전쟁俄日戰爭(러일전쟁)이 끝나고, 보호조약이 체결되고 충정공 민영환閔泳煥이 순국하던 1905년, 여덟 살 된 그는 「통감通鑑」 첫 권을 옆에 끼고 동리 서당에 다녔고, 국외에서는 전명운田明雲·장인환張仁煥 두 사람이 미국인 외교고문 스티븐을 총살하고 국내에서는 동양척식주식회사 법이 제정되던 1908년 열한 살 된 그는 신학문을 배우려 보통학교 2년에 편입 통학하였다.

지사 안중근安重根이 하얼빈역 두에서 침략의 원흉 이등박문伊藤博文(이토오 히로부미)을 총살하고, 의사 이재명李在明이 매국노 이완용李完用을 종현鍾峴(명동성당 앞 고갯길)에서 찌른 것은 그 이듬해 일이거니와, 기우는 국운을 다만 몇몇 사람의 손으로 돌이킬 수 없어 다시 해가 바뀌자, 1910년 조선은 국토國土와 주권을 함께 들어 이를 왜적의 손에 바치고 말았던 것이다.

때에 그는 13세 소년으로 동화중학 2년에 편입 통학하고 있었다. 나라 잃은 설움은 어느 누구에게도 지지 않으리만치 그의 가슴에 꽉 찼다.

'가증한 왜놈! 함께 하늘을 이지 못할 우리의 원수! 대체 저놈들을 어떻게 몰아내고 나라를 다시 찾을 것이란 말인고?……'

일인들이 나막신짝을 딸깍거리며 마을 안을 활보하는 것을 볼 때마다 김 소년의 조그만 주먹은 저도 모르게 불끈 쥐어지고 쥐어지고 하였다.

그곳에는 물론 우리가 본능적으로 느껴지는 증오와 분노도 있었다. 그러나 그에게 철저한 배일사상을 고취하여 준 것은 동화중학 교장인 전홍표全鴻杓란 이다.

　그도 나라를 사랑하는 지사의 한 명이었다. 날마다 시간마다 학생들 앞에서 그가 역설하는 것은, 우리가 목숨이 있는 동안은 강도 일본과의 투쟁을 단 하루라도 게을리할 수 없다는 것이었다.

　빼앗긴 국토를 도로 찾고 잃어버린 주권을 회복하기 전에는 우리는 언제나 부끄럽고, 언제나 슬프고, 또 언제나 비참하다 하고 말할 때, 전 교장의 눈은 빛나고 음성은 떨렸다.

"미래는 너희들 것이다. 너희들이 분기하지 않고 대체 누가 조국 광복의 대업을 이룰 것이랴?"

　교장으로부터 이렇듯 훈계와 격려를 받을 때 어린 학생들은 모두 '선생님 저희는 어데까지나 그놈들과 싸우겠습니다. 싸우고 또 싸워서, 기어코, 나라를 찾고야 말겠습니다……' 하고 마음속으로 맹세를 거듭하였던 것이다. 소문은 쉽사리 퍼진다.

왜적은 차차 전 교장을 위험인물로 지목하기 시작하였다. 배일사상을 고취하는 사람에게 조선 아동의 교육을 맡길 수는 없는 일이었다. 그들은 마침내 동화중학이 재단법인이 아니라는 구실로 폐쇄를 명하고 말았다. 소년 김원봉은 극도로 분개하였다.

'왜적은 우리 학도들에게서 공부할 학교까지 뺏는구나!······'

그는 그날로 마음에 굳게 결심한 바가 있었다.

'우리 학교가 폐쇄되기는 재단법인이 아니라는 트집에서다. 돈만 있으면, 학교는 다시 열 수도 있다. 오냐! 내 손으로 돈을 만들어 보자!······'

그는 그날부터 밥 먹을 것도 잊고 알 만한 사람들을 찾아 고을 안을 돌아다녔다. 동서로 분주하기 십여 일에 그는 마침내 80원(편주:현재 가치로 약 160만원)의 돈을 만들었다.

그는 바로 의기가 헌앙軒昻하였다. 80원 대금大金을 몸에 지니고 교장선생님 앞에 나갔을 때 그는 얼마나 기쁘고 또 자랑스러웠던가?

　그러나 사랑하는 어린 학도가 탁자 위에 내어놓은 80매 지폐를 보았을 때 늙은 지사의 마음은 슬펐다. 그는 말을 내기 전에 우선 한숨부터 쉬고 80원의 돈으로는 재단 법인을 세울 수 없고, 또 설혹 세울 수 있다손 치더라도, 우리가 이 학교에 모여 그놈들을 미워하는 것을 배우고 그놈들과 싸울 것을 의논하는 이상 왜적은 결코 한번 내린 폐쇄령을 물르지는 않을 것이라 하였다.

　소년 김원봉은 눈물을 머금고 선생 앞을 물러났다.

　학교가 폐쇄 당한 뒤 얼마 안 있어 그는 나서 처음으로 서울 길을 떠났다. 당시 서울에는 그의 조모의 형님되는 분이 여승으로 대가大家 출입을 하고 있었다. 김 소년은 그를 바라고 갔었던 것이다.

　그로써 만약 그럴 마음만 있었다면 그는 그 할머니의 알선으로 그 집에 유하며 그가 원하는 학교에 다닐 수도 있었던 것이다.

그러나 그는 마음에 싫었다.

뜻 있는 이들은 모두 섶에 눕고 쓸개를 맛보아 빼앗긴 국토와 잃어진 주권을 도로 찾으려 주소晝宵(밤과 낮)로 골몰인데, 이집 사람들은 고대광실 좋은 집에 수많은 비복들을 거느리고, 날마다 호의호식으로 잘도 지낸다.

김 소년은 그들에게 그지없는 반감을 느끼며 서울 구경도 변변히 못한 채, 다시 고향으로 내려오고 말았다.

그의 집에서 50리쯤 떨어진 곳에 표충사라는 절이 있었다.

그 절로 들어가 약 일 년 동안을 체류하며 그는 매일같이 독서로 날을 보냈다.

당시에 그가 섭렵한 것은, 주로 「손자孫子」·「오자吳子」와 같은 병서다. 그는 조국광복의 대업은, 무력을 가지고서야 비로소 이루어진다고, 마음에 굳게 믿었기 때문이다.

독서에도 지치면 그는 곧잘 절 밖으로 나가서, 동리의 청소년들을 모아 두 패로 나누어 가지고 석전石戰(돌싸움)을 시키며 놀았다.

그가 두 번째 상경하여, 중앙학교 2년에 적을 두게 된 것은 바로 그 이듬해 일이다.

당시의 교장은 유근柳瑾이었고, 하급에 이명건李命鍵이라는 소년이 있었다. 그는 이 소년과 뜻이 서로 맞았다. 이 소년이 곧 뒤의 청정青汀 이여성李如星이다.

학교에 들어간 뒤로 얼마 지나지 않아 김원봉의 명자(이름)는 전교에 알려지는 바 되었다. 그것은 그가 교내 웅변대회에 참가하여 남에 뛰어나게 열변을 토하였기 때문이다.

'사회발전은 종교에 있느냐? 교육에 있느냐?' 하는 것이 그때의 연제演題(연설 주제)였거니와, 그는 교육에 있다고 논하여 청중에게 깊은 인상과 감명을 주었던 것이다.

그러나 그의 학창생활은 오래 계속되지 않았다.

이듬해 1914년 봄에 그는 동저고릿바람에 바랑을 등에 지고 명산승지를 찾아 무전여행의 길을 떠났다.

그가 짊어진 바랑 속에 들어 있는 것은 몇 권의 서책이었다. 오직 그뿐이었다. 그 속에는 갈아입을 홑적삼 한 가지 들어 있지 않았었다.

그는 지리산에도 올라가 보았다. 계룡산에도 올라가 보았다. 경주에도 놀고, 부여에도 들렀다.

어데서나 사람들은 이 열일곱 살짜리 과객에게 그리 섭섭하게는 안 하였다. 그의 나이를 묻고, 그의 이름을 묻고, 어린 몸으로 그렇듯 장한 뜻을 품었음에 한편으로 놀라고, 또 한편으로 감동하여 씨암탉을 잡아 대접하는 늙은 부인도 있었다.

그러나 논산서만은 그는 쓰린 경험을 아니 할 수 없었다. 그곳에서는 어찌된 일인지 찾아가는 집마다 하룻밤 잠자리를 빌리는 데 심히 인색하였다.

"그래 그 밤은 난생 처음으로 한둔을 다하여 보았소."
하고 약산은 당시를 추상하며 파안일소하였다.

그가 이 여행 중에 만난 사람으로 가장 인상이 깊었던 이가 둘이 있으니 하나는 부산서 안 김철성金鐵城이오, 또 하나는 경북 영주의 강택진姜宅鎭이란 사람이다.

강씨는 사회주의자로써 운동을 위하여 사재를 내어놓

은 사람이었다. 일야담소一夜談笑로 주객이 지기상합志氣相合하였고, 김철성과는 장래 국사를 위하여 서로 목숨을 아끼지 않을 것을 굳이 맹세하였던 것이다.

　당시 국내에는 몇 개의 비밀결사가 있었다. 일합사一合社도 그 하나다. 광복회光復會도 그 하나다. 광복회 영수는 박상진朴尙鎭이라는 사람이다.

　그의 지휘 아래 회원들은, 운동을 위한 자금을 모집하러 다녔다. 그리고 탐관오리와 토호열신土豪劣紳(농민을 착취하던 대지주)들을 응징하는 것으로 일을 삼았다. 남도 갑부 장 모와 아산면장 등을 총으로 쏘아 죽인 것은 바로 그들이다.

　그들은 거사한 뒤에 반드시 그 집 문짝에다

　"왈유광복천인소부방차일성경아동포曰唯光復天人所符放此一聲警我同胞(편주:광복이여, 광복이여. 하늘이 내려주신 것. 한결같은 이 외침. 우리 동포를 깨우치리라)"

운운하는 격檄(격문)을 써 붙였던 것이다.

그러나 이들이 하는 일에 대하여 소년 김원봉은 적지 않이 의혹을 품고 있었다.

몇 명의 탐관오리와 토호열신을 암살하는 것쯤으로는 도저히 조국의 해방을 바랄 수 없다고 그는 굳게 믿고 있었기 때문이다.

강력한 무력으로서만 비로소 조선은 강도 일본의 기반 羈絆(행동이나 의사의 자유를 얽매는 일)을 벗어나서 자주독립국가가 될 수 있다 하는 것이 그의 굳은 신념이었다. 그는 하루바삐 군대를 조직하여 훈련하고 싶었다.

그러나 군대를 양성하기 위하여서는 우선 자기 자신이 군사학을 알아야 한다. 그는 당시, 세계에서 가장 강력한 군대를 가지고 있는 독일로 가서 공부하고 싶었다. 그러나 일에는 순서가 있다. 그러하기에는 또 먼저 독일어를 배워야 한다.

그는 중국 천진(톈진)에 독일인이 경영하는 덕화학당이라는 중학이 있는 것을 알고 우선 천진으로 가보자 하였다.

물론 여비가 있어야 하는 일이다. 학자學資(학자금)도 있어야 할 일이다.

그러나 그 문제는 뜻밖에도 쉽사리 해결되었다. 그의 뜻을 항상 장하다 하여 그를 은근히 경모敬慕하여 마지않는 한봉인韓鳳仁이란 벗이, 그를 위하여 약간의 금원金圓(돈)을 내어놓았기 때문이다.

그 벗은 자기 친척의 집에 와서 상점 사무를 보고 있는 사람이었다. 존경하는 벗의 장행壯行(큰 뜻을 품고 멀리 떠남)을 위하여 그는 주인집 금고에서 남 몰래 돈을 꺼내는 파렴치 죄조차 범하기를 주저하지 않았던 것이다.

그해 1916년 10월에, 19세 소년 김원봉은 고국을 떠나 천진으로 가서 목적하였던 대로 덕화학당에 입학하였다. 그는 우선은 독일어보다도 중국어를 배우기에 급하였다.

이듬해 여름 그는 하기휴가를 이용하여 고국으로 돌아오는 길에, 안동현(편주:지금의 단동)에서 손일민孫逸民, 김좌진金佐鎭 등과 만났다. 그들은 모두 광복회 회원으로 역시 나라를 위하여 일들을 하는 사람이었다.

그러나 그가 돌아와 있는 동안, 중국은 마침내 연합국 측에 가담하고 독일과 이태리에 대하여 선전宣戰을 포고하였다. 중국에 와 있던 독일인들은 모두 국외로 추방을 당하고 따라서 덕화학당도 폐쇄되고 말았다.

그가 일찍이 중앙학교 재학 시에 이여성과 친교가 있었다는 것은 앞서 말한 일이 있다. 그는 그 당시 또 김약수金若水라는 사람과도 가까이 지냈었다.

장래 해외로 나가서 함께 대사를 도모하자 하는 것은 일찍이 그들 세 사람 사이에 맺어진 언약이었다.

때는 마침내 이르렀다.

모든 자금은 김약수, 이여성의 손으로 준비되었다.

1918년 9월에 장한 뜻을 품고 서울을 떠나 중국 남경(난징)으로 향하였다.

제2

해외로 나가서

고국을 떠나 멀리 중국 남경으로 간 약산若山·청정青汀·약
수若水 세 사람은 그 즉시 금릉대학金陵大學에 입학하였다.
그곳에서 그들은 영어를 배웠다.

그때까지도 약산은 매양 독일 유학을 염두에 두고 있었
던 것이나 급전하는 세계정세는 그로 하여금 그 계획을
단념하지 아니치 못하게 하였다.

독일과 이태리가 미국 월슨 대통령에게 휴전을 제의한
것은 그해 10월 3일의 일이거니와, 이어서 유고슬라비아
와 체고슬로바키아가 독립, 10월 30일에 이태리의 항복,

토이기土耳其(터키)의 휴전, 11월 4일에는 독일에 혁명이 일어나고, 닷새 뒤에는 사회민주당 정부가 수립되어, 11월 11일 제1차 세계대전은 마침내 종결(편주:1918년 11월 11일)을 보게 된 것이다.

이에 이르러 약산은 모든 계획을 다시 세우지 않으면 아니 되게 되었다.

그가 두 동지와 더불어 여러 날을 두고 상의하여 마침내 결정을 본 일이 세 가지니, 우선 첫째는 서간도로 가서 군대를 조직하는 일이었다. 둘째는 상해에서 잡지를 발간하는 일이었다. 그들 사이에는 잡지 이름은 「적기赤旗」라 하자고, 이미 제호까지 내정이 되어 있었다. 그들 가운데 아무도 소위 과격파가 아니었음에도 불구하고, 그들은 그 제호를 선택하였다. 이름이 마음에 들었기 때문이다.

그리고 그들이 결정한 셋째는 파리강화회의에 대표를 파견하는 일이었다.

그들 사이에 이렇듯 의논이 되었을 때, 마침 상해로부터 같은 금릉金陵(편주:난징의 옛이름) 대학생 서병호徐丙浩가 돌아와서 말한다.

지금 상해에서는 여운형呂運亨·이광수李光洙 등이 모여서, 천진으로부터 김규식金奎植을 청하여다 파리강화회의에 파견키 위하여, '신한청년당'*을 결성하려 하고 있다고.

여운형 등은 강화회의에 대표를 보내서 외교정책을 쓰자는 것이었다. 각국의 대표들과 만나서 피압박 민족의 설움을 호소하고 열국의 동정을 얻어 국토와 주권을 회복하여 보자는 것이었다.

그러나 약산은 그들과는 근본적으로 주장을 달리하였다. 외교정책은 그의 결코 취하지 않는 바다.

국가존망과 민족사활 같은 큰 문제를, 외국인에게 호소하여 오직 그들의 처분으로 결정되기를 기다린다는 것은, 결코 할 일도 아니거니와 하여서 될 일도 아니다. 더구나지금 파리회의에 모이는 무리들은 모두 다 자본주의 사회와 제국주의 국가를 대표하여 나선 사람들이다. 그들은 전승국의 권위와 오만을 가지고 회의에 나와, 배상금을 결정하고 영토를 분할하려는 것이다.

----

* 신한청년당: 1918년 8월 결성. 1919년 1월 파리강화회의에 김규식 파견. 1919년 3.1운동의 기폭제.

일본이 혹 전패국(敗戰國)이기라도 하다면 또 모를 일이었다. 그러나 그는 당당한 연합국의 일원이다. 열국이 대체 무엇 때문에 저희 우호국과 원수를 맺어서까지 약소민족을 위하여 싸워 줄 것이냐? 그것은 도저히 있을 수 없는 일이었다.

그러면 약산 자기는 왜 그 회의에 대표를 보내려 하는 것인가?

그러나 그것은 외교사절로서가 아니다. 자객으로서였다. 열국의 대표사절들이 구름같이 몰려든 불란서 수도 파리로 가서, 일본대표를 암살함으로써, 조선민족의 혁명정신을 앙양시켜 보자는 것이다.

김일金─이라는 사람이 이 중임을 띠고 떠나기로 되었다. 김일은 곧 약산이 4년 전에 무전여행을 떠났을 때, 부산서 만나 간담상조肝膽相照(서로 마음을 터놓고 사귐) 하였던 김철성 그 사람이다.

그는 그사이 중학을 일본에 가서 마치고, 이곳 중국으로 건너와 오송동제대학吳淞同濟大學에 적을 두고 있었던 것이다. 그는 약산보다 2년 장長(위), 때에 그 나이 스물셋이었다.

그러나 모처럼의 계획도 마침내 수포로 돌아가고 말았다.

천신만고하여 권총을 구하고, 여권을 수중에 넣어 가까스로 파리까지 간 김일은, 여러 날을 두고 일본대표 서원사공망西園寺公望(사이몬지 긴모치)의 동정을 살피며 기회를 노렸던 것이다. 그러나 막상 거사하려 하기에 미처 행장을 풀어보니, 그 속에 깊이 간직하여 두었던 무기와 실탄이 어느 틈엔가 분실되고 없었다.

그는 악연愕然히(정신이 아찔하게) 놀랐다. 그리고 새삼스러이 당황하였다.

만약 심상한 도적의 짓이라 하면 어찌 권총만 훔칠 것이겠느냐? 정녕 도적의 소위는 아니었다. 과연 그것이 누군지는 알 길 없으나, 은밀한 가운데 자기를 감시하는 자가 있는 것만은 다시 의심할 여지가 없다.

신변의 위험도 위험이려니와, 무엇보다도 무기 없이는

저의 사명을 수행할 도리가 없는 것이다.

그는 한을 천추에 남기고 창황히 파리를 떠나지 않으면 안 되었다.

그것은 뒤에 판명된 일이거니와, 그때 권총을 처치한 것은 아무 다른 사람이 아니요, 당시 파리에 와 있던 같은 조선동포였다.

그 이듬해 1919년 2월에, 약산은 이여성과 함께 남경을 떠나 봉천奉天(편주:선양瀋陽의 옛이름)으로 향하였다. 길림에 가 있는 김약수로부터, 곧 봉천 모 여관으로 와 달라는 전보를 받은 까닭이다.

이보다 앞서 약산은 그의 숙망宿望(오래도록 품어 온 소망)이던 군대조직에 착수하기 위하여 우선 농토를 수중에 넣으려 하였다. 둔전屯田(군대의 군량을 위하여 경작하는 밭)을 하여 가며 군사를 양성하여 보자는 것이다. 김약수가 길림에 간 것은 농토를 구하기 위함이었다.

그들은 노차路次(지나는 길)에 제남濟南(지난)서 수일을 유하였다. 그곳에 머물러 있는 사이에, 그들은 어느 날 아침 내지內地(조선)에 혁명이 일어난 것을 알았다. 중국의 각 신문이 이를 대대적으로 보도하였다.

곧 3·1운동이었다.

두 사람은 내지 동포들이 일본제국주의에 반항하여 일제히 봉기한 것을 알고, 가슴 하나로는 주체하지 못할 벅찬 감격을 느꼈다.

그러나 그곳에서 다시 수일을 유하며, 그 뒤의 좀 더 자세한 소식을 듣고 또 '독립선언서'를 읽기에 미처, 약산은 저으기 실망하지 아니할 수 없었다.

모처럼의 그 '운동'도, 무력항쟁은 아니었기 때문이다.

'무기 없는 투쟁이 능히 강도 일본을 우리 국내로부터 축출할 수 있을까?…… 독립만세 소리에 삼천리 강산이 한때 통으로 흔들리기는 하였다더라도, 그로써 국토를 찾고 주권을 회복할 수 있을까?……'

약산은 마음에 심히 의심스러웠던 것이다.

3월 1일을 기약하여 전 조선 민중은 마치 오랜 악몽에서 깨어난 듯 환희하며 용약踊躍하여 일대 시위운동에 나아갔다. 손에 태극기를 휘두르며 소리소리 높여 독립만세를 불렀다.

이 운동의 특성은 전혀 폭력을 사용하지 않았다는 점에 있다. 선언서 가운데 공약 3장으로 지도자가 민중에게 이것을 명령한 것이다.

민중은 빈손으로 다만 자유를 부르짖었다. 수만, 수십만의 군중이 오직 목이 터져라 독립만세를 불렀다. 그리고 거리거리로 행렬하였을 뿐이다.

이리하여 왜적의 관공서는, 경찰서는, 또 감옥은 하나도 파괴되지 않았다. 관리 한 명 순사 한 명도 죽고 상한 자가 없었다.

그러나 이 무장 안 한 평화군중을 향하여 왜적의 군대는 총을 겨누었고, 경찰은 칼을 내어 둘렀다.

수원·부천·수안遂安 등 각지에서, 대량의 학살이 악마적으로 감행되었다. 왜적은 마침내는 기관총과 대포까지

출동시켰다.

이 운동에 참가한 사람들은 혹은 왜적의 손에 죽고 상하고 또는 투옥되었다.

무력으로 이 운동을 진압하여버린 왜적은 선풍旋風이 지난 뒤 이번에는 완화정책을 취하였다.

당시의 조선 총독이던 일개 무부一介武夫 장곡천호도長谷川好道(하세가와)를 불러들이고, 그 대代(대신하여)에 제등실齊藤實(사이토 마코토)을 보내서, 이제까지의 무단정치를 개변改變(더 나은 방향으로 고쳐서 바꿈)한다 하고 문화정책을 표방하였다.

헌병에게 복장을 갈아입혀 순사를 만들고, 관리와 교원에게서 패검佩劍(허리에 차고 다니는 칼)을 거두었다.

조선인 관공리와 학교 교원의 봉급을 약간 올리어 차별대우를 철폐한다 하고, 수 종의 신문·잡지의 발간을 허가하여 언론·출판의 자유를 준다 하고, 부협의원府協議員, 군협의원郡協議員 등의 괴뢰적 제도를 정하여 정치에 간여하는 기회를 준다 하고, 매국노와 반동분자들을 이용하여

자치 참정권 운동을 일으키게 하고, 또 시천교侍天教*·보천교普天教* 등의 흑암세력을 조장하여, 민중을 더욱 우열 몽매한 가운데로 쓸어넣었다.

이야기는 다시 앞으로 돌아간다.

김약수가 그렇듯 약산을 봉천으로 부른 것은, 그사이 그의 심경에 적지 않은 변화가 생겼기 때문이다.

그는 길림(지린)에 와서 오랜 동안을 두류逗留(체류)하며 사람들을 놓아 널리 농토를 구하여 보았다. 그러나 이는 용이한 일이 아니었다. 원하는 농토는 좀처럼 손에 들어오지 않았다.

'어떻게 하면 좋을까?……'

생각하여도 도무지 좋은 방도가 없었다.

그때에 그는 당시 휘문의 숙장 박중화朴重華*로부터 귀국을 독촉하는 전신을 받았다.

그의 마음은 적지 않이 움직였다.

---

* 시천교侍天教: 동학의 일파. 1906년 이용구(李容九)가 창시. 반일 천도교에 맞선 친일단체
* 보천교普天教: 증산교의 일파
* 박중화朴重華: 보성중학교 교장. 신민회 가입. 청년학우회 발기인. 조선노동공제회 중앙위원장을 역임한 독립운동가.

'하여튼 약산을 봉천까지 오래서 다시 상의를 하자.……'

이리하여 그는 약산에게 전보를 쳤던 것이나, 기다리는 동지가 미처 남경서 오기 전에 국내로부터 3·1운동 발발의 보도가 한 걸음 먼저 이르렀다.

'어서 고국으로 돌아가자!……'

그는 마침내 뜻을 결하고 약산이 봉천에 이르자, 곧 자기의 소신을 피력하였다.

"독립운동은 반드시 해외에 나와서만 할 수 있는 것이 아니다. 우리는 다같이 국내로 돌아가 대중을 기초로 하여 일을 하자."

김약수의 이 의견에 대해서는 이여성 역시 생각이 같았다. 그들은 즉시 국내로 돌아가서 일을 하자고 고집하여 마지않았다.

그러나 약산은 그들 말을 쫓을 수 없었다. 그의 뜻은 굳었다.

오직 무력을 가지고서만 독립은 이루어진다 하는 그의

주장은 이때도 변함이 없었다.

마침내 김약수는 재회를 기약하고 고국으로 돌아가 버렸다. 수일 지나 이여성도 그 뒤를 따라 귀국하였다.

두 동지를 보내고 난 뒤 약산은 홀로 길림으로 향하였다.

당시 길림에는 '의군부義軍府'라는 것이 조직되어 있었다. 주석에 여준呂準, 군무부장에 김좌진, 중앙위원에 손일민孫逸民·황상규黃尙奎 등이었다.

약산과는 다들 잘 아는 사이였다. 황상규는 호를 백민白民이라 하니, 약산에게는 바로 고모부되는 사람으로, 그의 어린 시절에 많은 감화를 준 이요, 손일민·김좌진은 약산이 일찍이 안동현에서 만나 서로 이야기한 일이 있다.

그들은 약산의 이 뜻하지 않은 심방을 못내 반겼다. 그리고 자기들과 같이 일을 하여 주기를 청하였다.

그들과 같이 일을 하는 것도 좋았다. 그러나 과연 일을 할 수가 있을까? 이곳에서 자기의 포부를 펼 수가 있을까?……

약산은 우선 그들에게 총을 구할 수 있겠느냐 물었다.

그것도 대량으로 말이다. 그러나 대답은 시원치 않았다. 그들은 말하기를, 심상한 방법으로는 도저히 어려운 일이나, 혹 연줄을 얻어 마적들에게 교섭을 하면 구할 수도 있으리라 하였다.

약산이 생각하기에 그것은 안 될 말이었다. 설사 연줄을 구하여 마적의 무리와 교섭이 성립된다 하자. 그러나 막상 무기와 돈을 바꾸는 자리에서, 그들이 돈만 빼앗고 정작 무기를 안 내어준다면 어찌할 것이냐? 마적 같은 무리에게 신의를 기대하는 것은 애당초에 될 수 없는 수작이었다. 그러나 또 그렇다 하여 달리 좋은 방도가 있는 것도 아니다.

약산에게 있어서 그것은 실로 중대한 시기였다.

그는 오랜 동안을 두고 생각하여 오던 군대 육성의 계획을, 이곳에서 일단 포기하지 아니할 수 없게 된 것이다.

그러나 그것은 단순히 무기를 구할 수 없다는 데서 온 생각은 아니다. 설사 필요한 수량의 무기가 바로 지금 그의 수중에 있다 하더라도, 그는 역시 당초의 계획을 단념하여야만 하였다.

총도 있다 하자. 돈도 있다 하자. 그러나 돈과 총만 가지고는 군대가 생겨날 수 없다.

'우수한 장교와 많은 병졸이 있어야만 한다. 그러나 대체 그들을 언제 양성한단 말이냐?⋯⋯'

또 설사 모든 일이 뜻과 같이 된다 하더라도, 여간 몇백 명, 몇천 명쯤을 가지고는 도저히 뜻을 이루지 못할 것이었다.

'그러면 몇만 명을? 혹은 몇십만 명을?⋯⋯'

그러나 그러는 사이에 세월은 덧없이 흐르고, 왜적의 간활奸猾하고 악착한 통치 아래서 동포의 정신은 이미 마비되고, 민족의 적혈赤血은 어느덧 고갈하고 말 것이었다.

'무력항쟁을 위한 군대 양성이란 적어도 오늘에 있어서는, 현실과 너무나 몰교섭인 한 개 망상일 뿐이다.⋯⋯'

여기서 약산은 마침내 폭력혁명을 계획하기에 이르렀다.

조국과 동포를 위하여는 참으로 목숨을 아끼지 않는 열혈지사를 규합하여 적의 군주 이하 각 대관과 일체의 관공리를 암살하자. 적의 일체의 시설물을 파괴하자.

　동포들의 애국심을 환기하고 배일사상을 고취하여 일대 민중적 폭력을 일으키도록 하자.

　끊임없는 폭력만이 강도 일본의 통치를 타도하고, 마침내는 조국 광복의 대업을 성취할 수 있는 것이다.……

　약산의 신념은 굳었다.

　그로써 수개월이 지나 약산은 새로 얻은 몇몇 동지들과 더불어 길림을 떠나 서간도*로 향하였다.

　일행 가운데에는 한 명의 중국인이 끼어 있었다. 그는 호남(후난) 출신의 주황周況이라는 사람으로 폭탄 제조기술 교관이었다. 약산은 자기의 새로운 설계를 위하여 동지들과 함께 우선 폭탄 제조법부터 배우려 한 것이다.

　주황은 단순한 기술가가 아니었다. 그도 저의 나라를 근심하는 혁명가의 한 사람이었다. 당시의 그의 나이 40.

　멀리 상해로부터 그를 초빙하여 길림에 이른 것은 김동삼金東三이란 이다. 그도 지사였다.

---

* 서간도西間島: 백두산 부근에서 시작하여 단둥(丹東)에 까지 이르는 압록강 유역의 지역

당시 서간도에는 조선인 자치기관으로 부민회라는 것
이 있어 정부 행사를 하고 있었다.

　이 부민회에서 신흥학교를 경영한다. 합방 후에 창립된
무관학교였다. 뜻 있는 청년들이 많이 이 학교를 찾아와
서 군사교육을 받았던 것이다. 때의 신흥학교장은 이천민
李天民으로 충무공의 종손이었다.

　약산은 이곳에서 여러 동지와 만났다. 그리고 그들로
더불어, 폭탄 제조법을 주황에게서 배운 것이다.

제3

의열단 탄생

그해 겨울, 11월 9일 밤이다.

길림성 파호문 밖, 중국인 심모潘某의 집에 약산은 동지들과 모였다. 그사이 반년 너머를 두고 그가 마음속에 설계하여 오던 결사조직을, 약산은 오늘 바로 이 자리에서 성취하려는 것이다. 모인 사람은 약산 이하로 윤세위尹世胄·이성우李成宇·곽경郭敬·강세우姜世宇·이종암李鍾岩·한봉근韓鳳根·한봉인韓鳳仁·김상윤金相潤·신철휴申喆休·배동선裵東宣·서상락徐相洛 외 1명 총 13인이다. 한 명 한 명이 모두가 나라를 위하여는, 제 목숨을 초개같이 아는 사람들이었다.

회의는 밤새도록 계속되고, 그 이튿날 곧 1919년 11월 10일 새벽에 이르러, 후일 왜적들이 오직 그 이름만 들었을 뿐으로 공포하고 전율하던 '의열단'은, 이에 완전한 결성을 보게 된 것이다.

단원은 위의 말한 13인, 선거에 의하여 약산이 '의백義伯' 곧 단장으로 추대되었다. 때에 그의 나이 스물두 살이다. 그들은 이 자리에서 '공약 10조'를 결정하였다.

1. 천하의 정의의 사事를 맹렬히 실행하기로 함.

2. 조선의 독립과 세계의 평등을 위하여 신명身命을 희생하기로 함.

3. 충의의 기백과 희생의 정신이 확고한 자라야 단원이 됨.

4. 단의團義에 선先히 하고, 단원의 의義에 급히 함.

5. 의백義伯(편주:의열단의 우두머리) 1인을 선출하여 단체를 대표함.

6. 하시 하지何時何地(어느 때 어느 곳)에서나 매월 1차씩 사정을 보고함.

7. 하시 하지에서나 초회招會에 에 필응함.

8. 피사被死치 아니하여 단의에 진盡함.

9. 1이 9를 위하여, 9가 1을 위하여 헌신함.

10. 단의에 반배返背한 자를 처살處殺함.

이 가운데 제4조는 동지를 애호하고 단결을 공고히 하자는 뜻이요, 제8조는 수명을 온전히 마치자는 관념을 타파하려는 것이요, 제9조는 개인이 아니면 전체를 이룰 수 없고, 전체를 떠나서는 개인이 존재할 수 없다는 말이다. 그리고 그들은 암살대상으로

1. 조선총독 이하 고관

2. 군부 수뇌

3. 대만총독

4. 매국적賣國敵(나라를 팔아먹은 자)

5. 친일파 거두

6. 적탐敵探(밀정)

7. 반민족적 토호열신土豪劣紳(지방 유지)

등을 규정하니 뒤에 '의열단의 칠가살七可殺(죽여도 되는 7가지 인간)'이라 하는 자가 바로 이것이요, 파괴대상은

1. 조선총독부

2. 동양척식회사

3. 매일신보사

4. 각 경찰서

5. 기타 왜적 중요 기관

등이었다.

암살대상에 대만총독이 들어 있는 것은 얼른 보아 기이한 일이다. 그러나 그것은 대만 주민이 우리나 한가지로 왜적의 압제 아래 있음으로 하여, 같은 약소민족으로서

심심한 후의와 동정을 표하자는 주지에서 나온 것이다.

암살·파괴의 대상이나 또 공약이나 그 초안은 모두가 약산의 손으로 된 것이어니와, '단團'의 명칭도 또한 그가 지은 것이다. 공약 제1조에, '천하의 정의와 사事를 맹렬히 실행하기로 함'이라 있다. 그 '정의'의 '의義'와 '맹렬'의 '열烈'을 취하여 약산은 곧 '의열단'이라 명명한 것이다. 조직 당초에는 아직 성문화成文化한 단團의 강령은 없었다. 그러나

구축왜노驅逐倭奴
광복조국光復祖國
타파계급打破階級
평균지권平均地權

의 4개 항목은 항시 그들의 최고 이상으로 하는 자다.

이는 그 뒤 수차의 수정을 거치어, 다음과 같은 문장으로 천하에 공표되었다.

1. 조선민족의 생존 적敵인 일본 제국주의의 통치를 근본적으로 타도하고, 조선민족의 자유독립을 완성할 것
2. 봉건제도 및 일체 반혁명세력을 잔제剗除하고, 진정한 민주국을 건립할 것
3. 소수인이 다수인을 박삭剝削(착취)하는 경제제도를 소멸시키고, 조선인 각개의 생활상 평등의 경제조직을 건립할 것
4. 세계상 반제국주의 민족과 연합하여 일제 침략주의를 타도할 것
5. 민중의 무장을 실시할 것
6. 인민은 언론, 출판, 집회, 결사, 주거에 절대자유권이 있을 것
7. 인민은 무제한의 선거 급及(및) 피선거권이 있을 것
8. 일군一郡을 단위로 하여 지방자치를 실시할 것.
9. 여자의 권리를 정치, 경제, 교육, 사회상에서 남자와 동등으로 할 것

10. 의무교육, 직업교육을 국가의 경비로 실시할 것.

11. 조선 내 일본인의 각종 단체(동척東拓, 흥업興業, 조은朝銀 등), 개인(이민移民 등)의 소유한 일체 재산을 몰수할 것.

12. 매국적, 정탐노 등 반도叛徒의 일체 재산을 몰수할 것.

13. 농민운동의 자유를 보장하고 빈고貧苦 농민에게 토지, 가옥, 기구器具 등을 공급할 것.

14. 공인工人 운동의 자유를 보장하고, 노동평민에게 가옥을 공급할 것.

15. 양로, 육영育嬰, 구제 등 공공기관을 건설할 것.

16. 대규모의 생산기관 급 독점성질의 기업(철도·광산·수선輪船·전기·수리水利·은행 등속)은 국가에서 경영할 것.

17. 소득세는 누진율로 징수할 것.

18. 일체 가연苛捐(백성들에게 부담시키는 것) 잡세를 폐제廢除할 것.

19. 해외 거류 동포의 생명, 재산을 안전하게 보장하고, 귀국 동포에게 생활상 안전지위를 부여할 것.

제4

제1차 암살파괴계획

약산이 영도하는 의열단 제1차의 암살파괴운동은, 마침
내 1920년 3월부터 개시되었다. 그들이 이번에 선택한
파괴의 목적물은

1. 적의 정치기관으로 조선총독부.

2. 적의 경제적 약탈기관으로 동양척식회사와 조선은행.

3. 적의 선전기관으로 매일신보사 등이요, 암살의 대상
은 조선총독 이하 각 요로대관要路大官이다.

폭탄과 단총은 중국으로부터 모든 난관을 돌파하여 국
내로 운반되었고, 이번 일을 담당한 동지들도 모두 교묘

히 국경을 넘어 내지로 잠입하였다. 이리하여 국내에 있는 동지들과 긴밀한 연락 아래 모든 준비는 착착 진행되어갔다.

그러나 자고로 이르기를 '모사는 재인이요, 성사는 재천'이라 한다. 불행히도 모든 비밀은 사전에 발로되고, 동년 유월 곽경, 이성우 이하 다수 동지들은 마침내 한을 머금고 왜적의 손에 검거되고 말았다.

당시 국내의 일간신문은

'조선총독부를 파괴하려는 폭발탄대의 대검거'
'밀양 안동현 간間의 대연락'
'암살 파괴의 대음모사건'

등 표제를 내어걸고 이 사건을 대대적으로 보도하였다. 동지들은 경찰에 검거된 뒤 이 세상에 있을 수 있는 가장 잔인하고 야만한 온갖 고문, 악형을 받았다. 그리고 거의 일 년을 바라보는 장기 예심을 거쳐 마침내 공판에 회부

되었다. 1921년 3월 5일 동아일보에는 다음과 같이 보도
되어 있다.

밀양의 폭탄사건

밀양 폭탄사건이라 하면, 세상에서 모두 아는 바이어니와,
이 사건에 관한 곽재기郭在驥 등은 검거된 이래로, 경성지방
법원에서 영도永島(나가시마) 예심판사의 손에서 예심 중 며칠
전 한강 강변에서 그 폭발탄을 시험한 결과, 그 효력이 확실
한 것으로 인정되었다.

피고는 죄상이 판명되어, 지난 3일에 예심을 마치었는데, 이
제 그 사건의 인물은,

곽재기郭在驥, 29   충북 청주군 강현면 상봉리 곽경 사事

이성우李成宇, 22   함북 경원군 송하면 송하리

김수득金壽得, 29   경성부 사직동 94 김세희방 김태희 사事

이낙준李洛俊, 31   함남 서천군 파도면 덕천리 안종묵 사事

황상규黃尙奎, 30   경남 밀양군 밀양면 내2동

윤소룡尹小龍, 22   동 윤세위 사事

김병환金鈵煥, 32 　동

신철휴申喆休, 24 　경북 고령군 고령면 고아리

이주현李周賢, 30 　경남 진주군 진주면 중성동

윤치형尹致衡, 29 　경남 밀양군 밀양면 내2동 김시화 사

강상진姜祥振, 35 　경남 창원군 동면 무점리

김재수金在洙, 34 　경남 대구부 봉산정 48

최재규崔在奎, 34 　경남 창원군 동면 남산리

곽영조郭永祚, 31 　동

강원석姜元錫, 32 　동

배중세裵重世, 27 　경남 창원군 남면 토월리

전기前記 16명에 대한 폭발물 취체법 위반의 피고 사건은 강원석 한 사람만 면소 방면이 되고, 그 외 15명은 모두 유죄로 결정되어, 경성지방법원의 공판에 부치었다.

이유

피고 곽재기는 대정 8년(1919년) 7월에 조선독립운동의 형편을 짐작하고 경우를 보아 독립운동에 참가하여 진력하려고,

중국 길림성에 갔었고, 피고 이성우는 간도에 있는 신흥학교라 하는 배일을 표방하는 무관학교에 19세 때에 다녔고, 피고 김수득金壽得은 보안법 위반으로 징역 8개월의 제1심을 받았으나, 제2심에 무죄의 선고를 받아 방면된 후, 곧 외지에 나아가서 독립운동에 참가하기 위하여 중국 길림에 갔었고, 피고 황상규는 대정 8년 4월에 길림에 있는 유동열柳東說이 주제하는 조선독립군정사朝鮮獨立軍政司의 회계과장이 되어 그 운동에 진력하였고, 피고 윤소룡尹小龍·김병환金鉼煥·윤치형尹致衡은 3월에 밀양에서 독립의 목적으로 군중을 선동지휘하여 독립만세를 부르게 한 혐의로 징역 1년 6개월과 6개월의 결석판결을 받고, 이래로 봉천성 길림 지방으로 돌아다닌 일이 있고, 피고 배중세裵重世는 일찍이 상해에 건너갔던 일도 있고, 모두 조선독립운동을 위하여 극력으로 진력하려고 하던 자인데, 작년 6월경에 전기前記 신흥학교의 생도인 김원봉 등으로 더불어, 금일의 상태는 우리가 신흥학교에서 공부만 하고 있을 수가 없은즉, 속히 독립의 목적을 이루려 하면, 직접행동을 하지 아니하면 안 되겠다고, 이에 의열단이라 하는 결사를 조직하고, 조선독립을 위하여 활동하기 위하여, 일동이 길림에 모여서 일을 의논하고자 하여, 동년 10월에 차례로 길림에 모여서 그곳에서 몇 사람에게 같이 일하기를 권유하고, 동월 상순에 길림성 파호문 밖 중국인 심모방潘某方방을 근거로 하고 모여서, 목적을 속히 달함에는 폭발탄과 총기를 조선 내에 많이 수입하여, 총독부 요로의 대관과 친일파의 중요인물을 살해하고, 중요한 관공서와, 조선인을 해롭게 하는 동양척식 회사의 건물을 파괴하여, 조선인 일반에 독립사상을 더욱이 왕성케 하고, 친일파에게 위협을 하기로 결의하고, 이일몽李一夢 등에게 군자금으로 천 원(편주:현재 가치로 3,200만원)의 원조를 받아가지고, 동년 11월에 상해에 가서 폭발탄과 총기를 구한 결과, 폭발탄 3개를 만들기 위하여, 철로 만든 것과 주석으로 만든 탄피 3개와 기타 약품을 장건상張建相에 의뢰하여 안동현 세관에 있는 영국인 뽀인에게 우편 소포로 보내고, 이미 이것을 받기 위하여 조선으로 돌아온 곽재기는, 병철炳喆이 경영하는 천보상회의 손을 거쳐서 운송점으로 부치는 하물을 만들어 가

지고, 교묘히 조선 내에 수입할 뿐 아니라, 그와 동일한 수단

으로 폭탄 13개(內내에 7개는 도화선으로 사용하는 것이요, 6개는 척

탄)를 만들 만한 탄피와 약품 부속품과 미국제 육혈포 2정 탄

환 백 발을 비밀히 수입하여, 밀양의 김병환의 집에 감추어

두고 기회를 보아 사용하려 하였으나, 그 목적을 달치 못하

고 발각체포된 것이다. 그리고 강원석姜元錫이 폭탄을 사용하

려는 일이 있음을 알고도 폭발탄이 들은 가마니를 받아서 자

기 집 창고에 감추어 둔 사실에 대하여는 증거가 확실치 못

하여 면소하였다.……

우리는 다시 1921년 6월 22일 동아일보를 보기로 하자.

금월今月 7일에 심리를 마친 곽재기 외 14명은, 작일 21일

오전 10시경 경성지방법원에 이동伊東(이토) 재판장, 등촌藤村

(후지무라)·태재太宰(다사이) 양 배석판사와 가등加藤(가토) 검사가

열석한 후, 동 재판장은 피고 일동에게, 제령制令 제 7호 제1

조와 폭발물 취체규칙 제3조와 제5조에 의하여 하下와 여如

히 판결언도하고, 압수 물건은 전부 몰수하였고, 피고 강상진姜祥振·최성규崔成奎·곽영상郭永祥 등은 증거불충분으로 무죄방면되었다.

곽재기·이성우 : 각 8년(미결구류 일수 2백 일 가산)

김수득·이낙준·황상규·윤소룡·신철휴 : 각 7년(미결구류 일수 2백 일 가산)

윤치형 : 5년(미결구류 일수 2백 일 가산)

김병환 : 3년(미결구류 일수 2백 일 가산)

배중세 : 2년(미결구류 일수 2백 일 가산)

이주현·김재수 : 각 1년(2년간 집행유예)

이렇듯 이 사건에는 이성우와 곽경 두 사람이 주범으로 지목을 받아 둘이 똑같이 형기도 8년으로 언도되었거니와, 곽경이 만기가 되어 출옥하는 날에도, 이성우는 그대로 경성형무소에 남아 고형苦刑(지독한 벌)을 치르지 않으면 안 되었다. 그는 청진형무소에서 복역하고 있는 중에 파옥을 도모하여 다시 2년의 가형加刑(추가 형벌)을 받았던 것이다.

그가 비로소 세상 구경을 다시 하게 된 것은 1928년 3월 8일의 일이다. 우리는 다시 당시의 신문기사를 보기로 한다.

기미운동(3·1운동) 이후로 가장 세상의 이목을 놀래인 것은, 제1차의 의열단 1명은 밀양 폭탄사건이다. 사건의 주인공으로 대정 9년(1916년) 6월에 경성에서 체포되어, 동범 열 명 중 곽재기와 함께 8년 징역의 언도를 받고, 그 후로 청진형무소에서 파옥사건으로 인하여 2년의 가형을 받아, 전후 10년이란 장기형을 경성형무소에서 복역중이던 이성우(30) 씨는 동범이던 9명을 먼저 만기 출옥시키고, 오직 홀로 남긴 형기를 보내던 중, 그동안 감형되어 작咋(어제) 8일 오전 9시경에 만기 출옥하였다. 감옥문 앞에는 멀리 북만주와 노령露領 접근지인 중동선線에서 생후 처음으로 형을 찾아 조선땅을 밟아가며 입경한 실제室弟(친동생) 이성련李成璉(22) 군을 비롯하여, 다수 동지의 출영出迎이 있었으며, 즉시 준비한 자동차로 시내 무화여관에 투숙하여 2·3일 휴양 후, 당시의 사건 발생지인 경남 밀양에 있는 친지들의 후의로 그곳에 가서 정양 후 자택을 찾아, 차디찬 중동지방으로 돌아갈 터이라더라. (중략)

청진형무소에서 대정 11년(1922년) 8월에 4명이 공모하고 파옥하여, 두 명은 도주 후 만주 모 방면에서 ○○단의 사관으로 있다 하며, 이씨는 간수와 격투하다가 체포되어, 이 때문에 2년의 가형을 받아 즉시 경성형무소로 이감되어, 복역하는 동안에 복막염과 늑막염 등의 병으로 3년 동안이나 영어圇圄(감옥)에서 남달리 신음을 하여, 1년 반 동안은 병감病監에서 형기를 보내었다 한다. (중략)

출옥한 이성우 씨는 이역에서 낳고 이역에서 자라난 실제 이성련 군에게 안기어 목을 놓아 우는 아우의 눈물을 씻어주며, 왕방往訪한 기자에게 말하되,

"감상이 무엇이 있겠습니까? 잘 휴양한 것뿐입니다. 휴양의

의의야 물론 이후로 나타날 것이겠지오. 나는 나의 아우를 10여 년 전 어렸을 때 보고 이제 보매, 정말 내 아우인지 모르게 되었습니다. 내가 이러할 때에 집에 계신 70당년의 조모님을 뵈오면 오죽하시겠습니까" 하더라.

그가 형기를 채우고 출옥하던 날 찾아온 신문기자를 보고,

"감상이 무엇이 있겠습니까? 잘 휴양한 것뿐입니다. 휴양의 의의야 물론 이후로 나타날 것이겠지오.……"
하고 말한 것은 적지 않이 의미심장한 일이다. 과연 10년의 고역도, 그의 강철 같은 의지와 반석 같은 신념을 굽히지는 못하였다. 아니 도리어 그의 애국정신은 더욱 앙양되고, 그의 적개심은 좀더 치열하여졌다.

만주사변이 일어난 뒤, 이성우는 그곳 만주에서 독립군을 일으켜가지고 많은 활약을 하였다. 그러나 어디까지나 불행한 그다. 열혈의 인人 이성우는, 왜적의 사주를 받은 마적대와 싸우다가, 마침내 분사憤死하고 만 것이다.

"참말 아까운 사람이 죽었소. 그가 의열단 제1차 계획에 있어 직접 행동의 책임자요 가장 우수한 동지였소."

하고 당시를 추상하며 약산은 술회한다……

이 제1차 계획에 관여하였던 사람으로 또 이수택李壽澤이라는 이가 있다. 그도 의열단원이었다. 곽경이 상해로부터 국내로 들어와, 부산에다 근거를 잡고 앉아 동지들과 긴밀히 연락을 취하고 있을 때 그도 많은 활약이 있었다.

그러한 그가 어떻게 홀로 왜적의 검거망에서 벗어날 수가 있었나? 그도 한 번은 경찰의 손에 잡혔었다. 그러나 실로 기발한 방법으로, 그는 다시 몸의 자유를 찾아 이래 1924년 2월 경북경찰부의 손에 체포될 때까지, 수년간을 지하에 숨어 운동을 계속하여 왔던 것이다.

이 전말을 우리는 1924년 5월 8일 조선일보 기사에서 살펴보기로 한다.

(전략) 이수택의 본적지는 경북 칠곡군 왜관면 석전리 150 인데, 집에는 동안의 아내되는 장씨(33)와 장남 달진이 있다

하며, 이수택은 밀양 폭탄사건이 발각되던 당시 부산경찰서에 체포되었으나, 일주일 동안에 종시 벙어리 노릇을 하여, 경찰관으로 하여금 다른 사람인 줄로 인정케 하여, 마침내 방면된 후에, 자기 집에 돌아와서 상투를 올리고 망건을 쓰고 있어서, 조금도 농부와 다름없는 태도를 차린 뒤에, 이래 3·4년 동안을 중국 각 독립단과 연결을 취하여 조선 안의 상황을 일일이 통보하는 동시에, 조선 안에 들어오는 독립단들에게 제선諸線(모든 방면에서 들어오는 길)의 지리를 지시하고, 자금을 조달하여, 양건호梁建浩·김상윤·서상락 등을 만나 보고, 군자금 모집과 폭탄 사용에 대하여 여러 가지로 계획한 바가 있다가, 경성경찰부의 손에 체포된 것이라더라.

신문기사는 이상과 같거니와, 이수택은 그 후 4일이 지나 5월 12일 오전 11시에 적敵의 검사의 구형과 같이 2년 6개월의 언도를 받았다.……

이리하여 의열단 제1차의 계획은 무참히도 실패되고 말았다. 실패의 원인은 어디 있는가? 의열단의 동지들은 그것을 다음과 같이 설명하고 있다.

"이 실패의 원인은 이번 사건뿐 아니라, 우리 조선혁명 운동 중에서 일반적 원인이었으며, 또 장래에까지도 곤란한 문제이니 곧

(1)무기를 국내에서 구하지 못하고 국외로부터 수송하는 까닭이라, 본래 적의 국경 경계는 심히 엄밀하여 단신으로도 출입이 극난하거든, 하물며 무기·탄약의 운반에 있어서랴, 이것이 난사중難事中에서도 지난사至難事요,

(2)는 운동자금의 부족이라, 이러한 운동은 원래 일정한 예산을 세울 수 없는 것으로, 사정은 찰나간에 방침을 변하는 수가 있게 되고, 행동은 극도로 민활을 요하여, 자연 막대한 자금이 필요한 일이건만, 우리에게는 항상 그 준비가 부족한 일 등이다.……"

제5

부산경찰서 폭탄사건

제1차의 계획이 사전에 발각되어 다수 유능한 동지가 왜적의 손에 검거 당한 것을 알았을 때, 상해에 남아 있어 좋은 소식 있기만 기다리던 약산의 슬픔과 노여움은 실로 지극한 것이 있었다.

그간 수개월에 걸쳐 동지들은 모든 곤란과 장애에도 불구하고, 오직 이번 일을 위하여 준비하고 계획하여 왔다.

단총·작탄炸彈(작약을 넣은 탄환)·선전문의 수송, 동지들의 입국, 국내동지와의 연락……, 모든 난관을 돌파하고 이제 바야흐로 수일 내에 일을 결행하려던 때, 가증한 왜경의 손에 동지들이 일망타진이 되고 만 것이다.

생각하면 이가 갈렸다.

왜적의 손에 잡히어 사랑하는 동지들은 지금 바로 이 순간에도 온갖 고문 온갖 악형에 갖은 고초를 다 겪고 있을 것이었다.

생각이 한번 이에 이르니 약산의 마음은 미칠 것 같았다.

무엇보다도 먼저 생각되는 것은 그들 불운한 동지를 위한 복수였다.

'오-냐! 부산경찰서장을 죽이자! 죽여서 동지들의 원한을 풀어 주자!……'

부산경찰서는 이번 사건에 있어 동지의 대부분이 검거당한 곳이다. 곧 곽경은 부산을 근거 삼고 동지들과 연락하며 모든 준비의 완성을 기다리던 중에, 비밀이 발로되어 많은 동지와 더불어 적의 손에 체포된 것이다.

약산은 즉시 싱가포르로 전보를 쳐서 그곳에 가 있는 동지 박재혁朴載赫을 상해로 불렀다. '하시하지何時何地에서나 초회招會에 필응*'하는 것은 이미 의열단 공약에 제시

* 하시하지何時何地에서나 초회招會에 필응: 언제 어디에서나 모임이 있으면 반드시 참여함

된 엄숙한 맹세다.

전보를 받자 박재혁*은 곧 상해로 달려왔다.

약산은 그를 보고 동지들의 복수를 위하여 곧 부산으로 향할 것을 명하였다.

"곧 가서 부산서장을 죽이고 오시오."

그러나 부산경찰서장에게 대한 그의 지극한 분노와 지극한 증오는, 그냥 단순히 그 목숨을 빼앗는 것만으로는 만족할 수 없었다.

그래 그는 한마디 덧붙였다.

"죽이되 그냥 죽여서는 안 되오. 제가 누구 손에 무슨 까닭으로 하여 죽지 않으면 안 된다 하는 것을 알도록 단단히 수죄數罪를 한 다음에 죽이시오."

이 한마디 말이 뒤에 생각하여 보니, 혹은 살아 돌아올 수가 있었을지도 모르는 동지를 죽이고 말았노라 하고, 약산은 비절장절悲絶壯絶한 그의 최후를 생각하며 초연愀然하여 하기를 마지 않는다.……

---

* 박재혁朴載赫(1895~1921년): 1920년 8월 의열단에 입단. 부산 출신의 독립운동가. 1920년 9월 14일 부산경찰서장 하시모토에 폭탄을 투척. 일제에 욕되게 죽지 않겠다고 단식에 나서 1921년 5월 12일 대구형무소에서 사망하였다.

그렇듯 중대한 사명을 띠고 박재혁이 상해를 떠난 것은 1920년 9월 초다.

떠나기 전에 그는 적지 않은 중국 고서를 사들여다, 한 짐을 만들어 등에 지고 나섰다. 완연한 산동의 서상書商이다. 그러나 그의 짐 속엔 고서들 말고, 따로이 폭탄이 감추어져 있을 것을 누가 뜻하였으랴?

그는 일본 수선輸船에 몸을 싣고 황해를 건너 일본 장기長崎(나가사키)로 갔다.

그의 본래의 예정은, 장기에서 다시 하관下關(시모노세키)으로 가서, 그곳에서 연락선을 타고 부산으로 건너올 생각이었다.

그러나 장기에 상륙하여 알아보니, 그 길 말고 또 장기에서 곧장 대마도를 거쳐 부산에 이르는 배편이 있었다.

관부연락선*은 탈 때나 내릴 때나 매양 적탐의 눈이 시끄러웁다. 그러나 이쪽 뱃길을 이용하기로 한다면, 그러한 것도 그닥 어렵지 않을 것이었다.

그는 상해에 있는 동지에게 서신을 띄워, 길을 고쳐서

---

* 관부연락선:1905년부터 1945년까지 부산항과 시모노세키 항 사이를 정기적으로 운항한 여객선

대마도로 하여 가는 뜻을 알리고 장기를 떠났다.

그가 부산에 상륙한 것은 그달 13일 저녁이다.

부산에는 그의 본가가 있었다. 여러 해 만에 돌아온 자기 집에서 하룻밤을 지내고, 그 이튿날 아침 박재혁은 부산경찰서를 찾아가 서장에게 면회를 구하였다. 저의 목숨이 이제 경각에 있는 것을 모르고 서장은 이를 쾌히 응락한다. 박재혁은 안내를 받아 2층에 있는 서장실로 들어갔다.

작은 탁자 하나를 격하여 서장과 마주 앉은 그는, 몇 마디 한가로운 수작이 있은 다음, 진기한 고서를 구경시켜 주마 하고 마침내 봇짐을 풀었다.

이책 저책 꺼내 들고 보여 주는 사이에 마침내 그 밑에 감추었던 폭탄과 전단이 드러났다. 그는 곧 그 전단을 집어 왜적 앞에 던지고 유창한 일어로 꾸짖었다.

"나는 상해서 온 의열단원이다. 네가 우리 동지를 잡아 우리 계획을 깨트린 까닭에 우리는 너를 죽이는 것이다."

말을 마치자, 그는 곧 폭탄을 들어 둘이 서로 대하고 앉은 탁자 한가운데다 메어다 붙이니, 이때 두 사람의 상거(사이 거리)는 겨우 2척(60cm)에 불과하였다. 굉연한 폭음과 함께 두 사람은 다같이 그 자리에가 쓰러졌다.

소리를 듣고 사람들이 소스라쳐 놀라 그 방으로 달려들었을 때, 조금 전에 서장을 찾아온 중국인 서상은 몸에 중상을 입고 마룻바닥에 쓰러져 꼼짝을 못하고, 서장은 선혈이 임리淋漓(좍 깔림)한 가운데 정신을 잃고 쓰러져서 마지막 숨을 모으고 있었다.

달려들어 안아 일으켜 보니, 한 편 다리가 폭탄으로 하여 끊어졌고, 얼굴은 이미 산 사람의 것이 아니었다. 온 경찰서 안이 그대로 벌컥 뒤집혔다.

그들은 곧 수상한 중국인을 유치장으로 데려다 가두어 버렸다. 그리고 송장이 다 된 서장을 병원으로 떠메어 갔다.

그러나 부질없는 노릇이다. 응급수단을 가하였으나 그는 얼마 안 있어 목숨이 끊어지고 말았다.

사명을 온전히 하여 동지들의 복수를 이룬 박재혁은 이제는 죽어도 아깝지 않은 목숨이라 생각하였다.

몸에는 이미 중상을 입었고, 설혹 상처는 나을 수 있는 것이라 하더라도, 왜적은 물론 자기를 결코 살려 두지는 않을 것이다.

어차어피於此於彼(이나저나) 없는 목숨일진댄, 어찌 적의 손에 욕보기를 기다릴 것이겠느냐?

'내 목숨은 내 손으로 끊자!……'

왜적은 그렇듯 중태에 있는 그를 그래도 붙잡고 심문을 하려 들었다. 그러나 박재혁은 굳이 입을 봉하여 이에 응하지 않았다.

그리고 첫날부터 그는 단식을 결행하였다. 왜적은 그의 입을 어기고서라도 기어코 먹여 보려 애썼으나, 그것은 부질없는 일이었다. 그는 밥풀 한 알 물 한 모금을 입에 넣지 않고, 잡힌 지 아흐레 만에 드디어 목숨을 끊었다.

폭탄의 파편이 온 방 안에 산란하고, 유혈이 마룻바닥에 낭자한 서장실 안에서 왜적들은 한 장 전단을 찾아내었다. 그리고 그들은 그 전단으로 하여 그 수상한 인물이 바로 동지들의 복수를 위하여 멀리 상해로부터 온 의열단원임을 알았다.

그들은 서로 돌아보고 일제히 몸서리쳤다.

그리고 세상은 또 한 번 크게 놀랐다.

그가 장기를 떠나기 직전에 상해 있는 동지에게 보낸 봉합엽서,

昨日安着長崎. 商況甚如意. 此諸君惠念之澤矣. 秋初凉風. 心身
快活. 可期許多收益. 不可期再見君顔. 別有商路. 比前益好. 硏
究則可知也.

(어제 나가사키에 잘 도착했음. 상황이 뜻대로 잘 돼가니, 이것은 여러분의
염려 덕분입니다. 초가을 서늘한 바람에 몸과 마음이 상쾌하니 아마도 좋은
일이 있을 듯합니다. 그대 얼굴을 다시 보기를 기약할 수는 없습니다. 별도
로 다른 길이 있어 그 전보다 더 좋을 듯하니, 잘 생각하면 알 수 있습니다.)

1920.9.4 와담臥膽* 배拜

---

* 와담臥膽: 와신상담의 심정으로 결행하겠다는 결의의 표현

熱落仙他地末古　연락선 타지 말고

大馬渡路徐看多　대마도로서 간다

　글 속에 상황商況이니 상로商路니 수익收益이니 한 것은 물론, 그 서신이 왜적의 손에 검열을 받을 경우에도 심상한 상인의 편지처럼 믿도록 한 노릇이거니와, 편지 끝에 덧붙여 적어 놓은 14자의 문구는 약간의 주해가 필요하다.

　물론 암호였다. 그러나 결코 풀기 어려운 것은 아니다. 음대로 주욱 '연락선連絡船 타지 말고, 대마도大馬島로서 간다.' 하고 읽으면 그만이다.

　먼저도 잠깐 말하였거니와, 본래 장기(나가사키)에서 하관(시모노세키)으로 가 가지고 연락선을 이용하려 하였던 것이, 대마도 경유로 여정을 변變하게 되었다. 그것을 동지에게 알린 것이다.

　"別有商路별유상로. 比前益好차전익호. 研究則可知也연구즉가지야."란 곧 이를 가리킨 말이다. 달리 부산으로 건너가는 좋은 뱃길이 있으니 생각하여 보면 알 수 있으리라 하고 저의 뒤를 따를 동지들에게 주는 말이었다.

그는 그렇거니와, "可期許多收益가기허다수익(수익은 기약할 수 있으나)이나, 不可期再見君顔불가기재견군안(그대 얼굴은 다시 보기 어렵다)"이란 얼마나 비통한 말이냐?…… 그러나 비통한 줄을 아는 것은 읽는 우리요, 정작 이 글을 쓴 당사자는 오직 저의 사명을 다하는 데만 마음이 있었을 것이다.

끝으로 그가 평소에 애송하던 격언 몇 개를 이곳에 적어 함께 그 사람됨을 추모할까 한다.

大丈夫義氣相許 小嫌不足介 대장부의기상허 소혐부족개

一葉落而 知天下寒 일엽락이 지천하한

世間好物不堅牢 彩雲易散琉璃碎 세간호물불견뢰 채운역산유리쇄

(대장부 의기는 서로 믿음에 있으니, 작은 거리낌도 끼어들 수 없구나. 나뭇잎 떨어지자 겨울이 다가옴을 알겠다. 세상의 좋은 것도 단단하기만 하지 않으니, 오색 구름도쉬 흩어지고 유리도 쉬 부서진다오.)

제6

밀양경찰서 폭탄사건

부산경찰서 폭탄사건이 있은 지 불과 두 달 후인 1920년 11월에, 이번에는 밀양경찰서가 또 폭탄의 세례를 받고야 말았다. 혼자서 이 일을 감행한 사람은 최수봉崔壽鳳*이라는 청년이다.

최수봉 자는 경학敬鶴 경남 밀양 사람이다.

그도 가난한 농가에 태어났다. 약산과는 어린 때 서로 좋은 동무다. 최 소년도 선배 약산에게 지지 않으리만치 나라를 사랑하고 왜적을 미워하였다.

---

* 최수봉崔壽鳳(1894년~1921년): 1919년 3월13일 밀양 장날에 만세시위를 주도. 길림(吉林)으로 가서 의열단(義烈團)에 가입. 1920년 12월 밀양경찰서에 폭탄을 투척. 1921년 4월 사형을 선고받고, 7월 대구형무소에서 사형당했다.

그의 소년 시時(시절) 일화로, 다음과 같은 것이 전한다. 그가 학교에 다닐 때 이야기다. 가증한 일인 교원은 아직 어린 우리 학도들에게, 바로 조선 역사를 가르쳐 준답시고, 단군을 일컬어 저의 나라 소잔명존素盞嗚尊*의 아우라 하였다. 이 말에 최 소년은 한편으론 가소로웁고, 또 한편으론 괘씸하였다. 그가 알기에 단군 강림은 거금距今 4천 2백여 년 전 일인데, 저희가 말하는 소잔명존은 불과 2천 7백년 전의 사람이라 한다. 도대체 사리에 당치도 않거니와 그렇게 주장하는 그 심리가 가증하기 짝없다.

그래 그는 그 뒤 구두시문을 받을 때,

"소잔명존이는 우리 단군의 중현손重玄孫(편주:9대손에 해당)이오."

하고 대답하여 마침내 출학黜學(퇴학)을 당하고 말았다 한다.……

제1차 사건 때 밀양에 들어온 의열단 동지와 만나 그도 단원이 되었다. 그리고 조선광복을 위하여 자신도 목숨을

---

* 소잔명존素盞嗚尊(스사노오코미코토): 일본신화에 나오는 폭풍의 신

아끼지 않을 것을 스스로 맹세하였다.

　그러나 의열단의 제1차 계획이 그만 수포로 돌아가고, 많은 동지가 왜적의 손에 잡히어 이루 형언할 수 없는 악형을 받게 된 것을 알았을 때, 그의 피는 끓었다.

　'그렇다!…… 동지들의 뜻을 받아 내가 일어설 때는 바야흐로 이때다!……'

　그는 마음에 굳게 맹세하였다.

　그러자 그로써 얼마 안 있어 부산사건이 일어났다.

　자기와 같은 의열단원 박재혁이 동지들의 복수를 위하여, 단신 부산경찰서를 습격하고, 그곳 서장에게 폭탄의 세례를 내렸다는 것이다.

　만약 동지들의 복수를 위함이라면, 이곳 밀양경찰서장도 도저히 그대로 버려둘 수는 없는 인물이다. 동지들은 이 자의 손에도 많이 검거당하였던 것이다.

　'오-냐! 그놈은 내가 맡기로 하자.'

　그는 일찍이 바로 제1차 계획이 미처 발각되기 전에, 동지에게서 가장 간이한 폭탄 제조법을 배웠다. 그는 제

손으로 폭탄을 만들어 이제 동지를 위하여 복수를 하려는 것이다.

최수봉은 집안사람들도, 모르게 가장 은밀한 가운데 폭탄 제조에 착수하였다.

익숙하지 못한 솜씨로, 그것도 남의 눈을 기어가며 하는 일은, 그 고심을 이루 형언할 길이 없었다. 그래도 그는 마침내 폭탄 두 개, 큰 것 작은 것 각 한 개씩을 만들어 내는 데 성공하였다.

폭탄이 준비되자, 그는 매일같이 기회를 노렸다.

그해 11월, 드디어 때는 왔다.

밀양경찰서장이 서원들을 한 방에 모아놓고 훈시를 하는 자리에, 그는 창밖에서 폭탄 두 개를 연달아 던졌다.

천지를 뒤흔드는 폭음, 유리창은 창마다 깨어지고, 탁자와 의자는 산산히 부서지고, 뜻밖의 일에 극도로 경겁한 순경의 무리들은 엎으러지며, 자빠지며, 서로 앞을 다투어 밖으로 뛰어나왔다.

가증한 왜적이 몇 명이나 죽었는지 또 상하였는지 알

길은 없으나, 그만만하여도 적지 않은 성공이었다. 목적한 바는 어느 정도 이루었다고 볼밖에 없다.

이미 그런 이상, 그는 구태여 목숨을 도망할 마음은 없었으나, 문득 생각하니 같이 죽을 바에는 제 손으로 죽고 싶었다.

그는 몸을 빼쳐 뛰었다. 뒤에 순경들의 추격이 급하다.

마침내 벗어나지 못할 줄을 알고 그는 곧 단도를 들어 저의 목을 찔렀다.

그러나 그는 미처 목적한 바를 이루지 못하고 그 자리에서 왜적의 손에 잡히고 말았다.

이번 사건에 인명은 상한 자가 없었다. 그러나 뒤를 이어 일어나는 폭탄사건으로 하여, 의열단에 대한 왜적들의 증오는 비할 데 없이 컸다.

대구지방법원은 그에게 무기징역을 언도하였던 것이나, 검사는 이도 오히려 경輕하다 하여 공소하고, 대구복심법원은 마침내 그에게 사형을 언도하기에 이르렀다.

그러나 적든 크든 나라를 위하여 일을 한 몸은 죽는다고, 털끝만치나 뉘우칠 법이 없었다.

죽는 마당에서도 그는 담소자약談笑自若하며 태연히 교수대 위에 오르니, 때에 그의 나이 스물하나였다.

조선총독부 폭탄사건

1921년 9월 12일 오전 10시 10분경 서울 왜성대* 조선 총독부 청사 2층에 있는 회계과와 비서과에 각 한 개씩 폭탄을 던져 비서과의 것은 불발이었으나 회계과의 것은 굉연한 음향과 함께 폭발되어 그 일부가 파괴된 놀라운 사건이 일어났다.

이로 하여 전 경성은 크게 진동하고 왜적은 헌병과 경 찰을 총동원하여 각처에 비상선을 늘이고 범인을 체포하 기에 눈들이 벌겠다.

그러나 범인은 좀처럼 나타나지 않았다.

---

* 왜성대倭城臺: 예장동·회현동1가에 걸쳐 있던 지역. 임진왜란 때 왜군들 이 주둔한 데서 마을 이름이 유래.

대체 이 사건에는 해석하기 곤란한 점이 여럿이 있으니,

첫째, 총독부 정문에는 항상 무장한 헌병이 파수를 보고 있어, 총독부 관리나 고원雇員·용원傭員이 아니면 아무나 임의로 출입을 못하기로 되어 있다.

정문 옆에 따로이 또 작은 문이 달려 있기는 하나, 그곳으로 출입을 하재도 역시 파수병의 시선을 벗어날 도리는 없는 것이다. 하물며 폭탄을 휴대한 수상한 인물이 백주에 출입함이랴.

이것이 첫째로 해석하기 곤란한 점이오.

둘째, 설사 대담하기 짝없는 자가 요행 수위병의 눈을 기어 안으로 들어갈 수 있었다 하자. 그러나 폭탄을 던진 뒤에, 그는 무슨 수로 몸을 도망한단 말인가?

그것은 도저히 상상할 수 없는 일이다. 그때에는 이미 헌병과 경관이 벌떼같이 모여들어, 총독부 안팎을 겹겹이 에워싼 뒤였다.

그렇건만 종내 진범인은 그만두고라도 단 한 명의 혐의자조차 잡지 못한 것이, 둘째로 해석하기 곤란한 점이오.

셋째, 다시 백보를 사양하여, 워낙에 뜻밖의 일이라 모든 사람이 경겁驚怯하고 창황倉皇(놀라고 당황)하여 어찌할 줄을 모르고 우왕좌왕하는 사이에, 범인은 그 틈을 타서 곧 몸을 빼쳐 달아났다 하자. 그러나 대체 그는 어디로 가서 몸을 숨기겠다는 말이냐?

이 일이 일어나자 그 즉시로 거리마다 깔린 것이 순경이요, 골목마다 숨은 것이 밀정이다.

전 경성을 철통같이 둘러싸고 만호장안을 집마다 뒤지는데, 대체 승천입지昇天入地(하늘로 솟고 땅속으로 들어감) 못할 바에 제가 갈 곳이 어디냐?

수사망은 단지 경성에만 늘어진 것이 아니다. 왜적은 또 한편으로 범인이 멀리 해외로 도타할 것을 방지하여 국경을 엄중 봉쇄하고 정거장마다 정탐의 무리를 배치하여 놓았다.

그렇건만 그 뒤로 보름이 지나고, 한 달이 지나고, 한 달이 다시 두 달 석 달이 되도록, 그들은 범인은 차치물론且置勿論(일단 놔두고 논하지 않음)하고, 이 사건의 단서조차 언지 못하였다.

이것이 셋째로 해석하기 곤란한 점이다.

당시 사건 돌발 직후에 한 수상한 인물이 총독부로부터 뛰어나오는 것을 정녕 제 눈으로 보았다는 자가 있었다. 그는 위에는 검은 옷 아래는 흰 옷을 입었더라 한다.

이리하여 이날 검고 흰 옷을 입은 자로서 공교롭게도 남산공원에 올라갔던 사람들은 하나 빠짐없이 검거되었다. 그러나 모두 사건과는 털끝만한 관련도 없는 사람들이었다.

이래 7개월간을 두고 혐의자라 하여 경향 각지에서 검거된 사람이 진정 그 수효를 모를 지경이다.

왜적들은 갖은 수단을 다하여, 그들 가운데서 기어코 진범인을 찾아내려 몸들이 달았다.

더러 혐의자 중에

"내가 범인이오."

"내가 총독부에 폭탄을 던졌소."

하고 자복하는 자가 있었다.

그러나 그것은 견디기 어려운 고문과 악형이 시킨 일이다. 모두 범인은 아니었다.

이리하여 이 사건의 진상은 마침내 해가 바뀌어, 그 이듬해 3월에 중국 상해 황포탄黃浦灘에서, 일본의 유명한 군국주의자 육군대장 전중의일田中義一(다나카 기이치)을 암살하려다 실패한 사건이 일어날 때까지, 전연 오리무중에 있었던 것이다.……

조선총독부 폭탄사건의 주인공은 의열단원 김익상金益相"이다.

그는 경성 태생으로 노동자 출신이었다. 본래 용산철도국의 공원으로 다년 근무하다가 1921년 6월에 봉천으로 가서 광성연초공사의 기계감독이 되었다.

그러나 그는 결코 그 직업에 흥미를 가질 수 없었다. 그의 어릴 때부터의 은근한 소원은 자라서 비행사가 된다는 것이다. 그는 언제까지나 마음에 없는 직업에 종사하기보다는 오늘이라도 곧 비행학교로 달려가고 싶었다.

---

* 김익상金益相(1895년~?): 의열단원. 호는 추산(秋山), 본명은 김봉남(金鳳男), 경기도 고양 출신. 평양 숭실학교를 졸업. 조선총독부 왜성대 포탄투척, 황푸탄 부두에서 일본 육군대장 다나카 기이치 암살시도. 일경에 체포.

그는 그로써 수일 후 약간의 여비를 마련하여 가지고 천진·상해를 경유하여 비행학교가 있다는 광동으로 내려 갔다.

그러나 그의 목적한 바는 이루어지지 않았다.

당시 중국은 내란의 연속이었다. 북방에서 안휘파安徽 波(안후이파)와 직예파直隸派(즈리파)가 서로 반목하고 있는가 하면, 남방에서는 또 광동파(광둥파)와 광서파(광시파)가 서 로 싸우고 있었다. 마침내 광서파가 깨어지고, 남방은 일 시 손문孫文(쑨원)의 손으로 통일을 보았으나, 그가 북벌을 단행하려할 때 진형명陳炯明(천중밍)이 이에 반대하여 마침 내 내홍內訌이 일어나고, 진(천중밍)이 실력으로써 손문을 광동에서 쫓아내고 일시 정권을 장악하였던가 하면, 다시 권토중래한 손문 일파에게 구축되어, 정국은 일진일퇴 극 도의 혼란상태를 보이고 있었던 것이다.

김익상이 모처럼 광동까지 내려갔을 때 이 혼란 가운데 비행학교는 이미 폐쇄된 지 오래였다.

그는 실망 속에 다시 상해를 거쳐 북경으로 왔다. 그가 약산을 안 것은 바로 이때다. 약산은 당시 동지들로 더불어 이곳 북경에서, 다음 활동을 위하여 모든 계획을 세우고 있었던 것이다.

김익상은 김창숙金昌淑이란 사람의 소개로 의열단 의백, 김약산과 회견하였다.

그는 자기가 그 선성先聲(명성)을 익히 들었던 이 저명한 혁명가가 뜻밖에도 젊다는 것에 우선 놀랐다. 약산은 당시 27세 청년인 자기보다도 실로 세 살이나 나이가 아래였던 것이다.

그러나 비록 나이는 아래라도 생각은 자기보다 월등히 위였다.

자기는 그저 막연하게 비행사가 되어 볼까 하는 것이나, 그래 가지고 꼭 어쩌겠다는 깊은 생각이 있는 것도 아니다. 그러나 약산의 뜻은 컸다. 그는 나라와 동포들을 생각하고 있는 것이다.

처음 만난 자리에서 이 젊은 혁명가는 그의 손을 잡고 이렇게 말하였다.

"자유는 우리의 힘과 피로 얻어지는 것이오. 결코 남의 힘으로 얻어내는 것이 아니오. 조선 민중은 능히 적과 싸워 이길 힘이 있소. 그러므로 우리는 선구가 되어 민중을 각성시켜야 하오. 이것을 위해 피를 흘려야 하오."

김익상은 눈을 크게 뜨고, 그의 얼굴을 쳐다보았다. 약산은 특히 웅변이랄 것도 없었다. 또 상모狀貌(생긴 모양)가 유달리 괴위魁偉(헌칠하고 큼)하여 대하는 자로 하여금, 무슨 위압을 느끼게 하는 터도 아니다.

그저 평범한 얼굴이요, 심상한 말씨였다.

그러나 그것은 구태여 낯을 붉히고 음성을 높이어 하는 말도 아니건만, 듣는 사람에게 깊은 감명을 주고야 말았다. 담담한 가운데 오히려 그지없는 열정이 느껴졌다. 그의 말을 듣고는 누구나 마음이 움직이지 않을 수 없었다. 그의 지성이 그렇다. 지성이 그렇듯 사람을 움직이는 것이다. 꾸밈없고 거짓 없는 진정 그대로의 그의 언동이 사람의 진정을 깨우쳐 일으키는 것이다.

"우리가 먼저 피를 흘려야만 하겠다."

하는 그의 말은 김익상을 크게 감격시켰다.

그는 즉석에서 의열단에 가맹하였다.

그리고 동지들이 방금 총독부 폭파계획을 세우고 있는 것을 알자 그는

'우리라기보다 우선 내가 피를 흘리자!……'

하고, 그 중重하고 또 어려운 소임을 자원하여 맡았던 것이다.

장행壯行(장한 뜻을 품고 길을 떠남) 바로 그 전날 밤이다. 동지들 가운데 몇 사람이 그를 한번 시험하여 보자 하고, 가만히 말을 내었다. 이제 와서 새삼스러이 그의 진심을 의심하는 것이 아니다. 단신 폭약을 몸에 지니고, 경계 삼엄한 총독부 안으로 뛰어든다는 것은, 좀처럼 아무나 엄두를 낼 일이 못 된다.

동지들은 그의 담력을 한번 구경하자는 것이었다. 이 임무는 송호宋虎라는 동지가 맡았다. 송호는 많은 동지들 가운데서도 그 생김생김이나 말소리나 모두가 우락부락

하고 험상궂기로 이름난 사나이다.

그날 밤도 깊어 만뢰萬籟(사방에서 바스락거리는 소리) 가 구적俱寂(모두가 조용함)한 때 송호는 문득 벌떡 일어나 세상 모르고 곤히 자는 김익상의 배를 타고 앉았다. 그리고,

"이놈아!"

하고 벽력 같은 소리를 질렀다.

깜짝 놀라서 눈을 번쩍 뜨는 그의 얼굴에다 송호는 총부리를 겨누며 소리를 가다듬어 꾸짖었다.

"네가 이놈! 오랜 동안 왜놈 밑에서 고용살이를 하던 놈이 당치 않게 혁명운동이란 다 무엇이냐? 필시 왜놈의 간첩으로 우리 동정을 살피러 온 게 분명하니, 너는 죽일밖에 없다! 죽어도 내 원망은 말어라!"

그러나 김익상은 누구나 곧이듣지 않으리만치 태연자약하였다.

그는 한번 껄껄 웃고 말하였다.

"실없는 장난 그만두고 어서 내려앉게 갑갑하이!"

동지들은 그의 담력에 새삼스러이 혀들을 내어 둘렀다.

그러나 그는 오직 그렇듯 담력만 있었던 것이 아니다.

"반일사상, 애국정신은 김익상 동지가 누구보다도 철저하였소." 하고 약산은 필자에게 말하는 것이다.

9월 10일 김익상은 마침내 큰 뜻을 품고 북경을 떠났다. 역두에는 약산 이하 동지들이 모두 나와 장한 길에 오르는 그를 바래 주었다.

"장사일거혜! 불복환壯士一去兮! 不復還*일세그려."

동지 가운데 하나가 이렇게 말하였다. 물론 농으로 하는 말이다. 그러나 그 말에는 또 무한한 감개가 들어 있었다.

"쓸데없는 소리 말게. 이제 일주일이면 내 넉넉히 성공하고 돌아올 것이니 술상이나 잘 차려놓고 기다리게."

그는 말을 마치자 껄껄 웃었다.

이때 그는 학생복을 입고 있었다. 본래 일어가 능한 그는 이번 길에 있어 일인 학생으로 행세하려는 것이다.

---

* 장사일거혜! 불복환壯士一去兮! 不復還: 장사가 한번 가니, 다시 돌아오지 못한다는 뜻. 진시황이 중국을 통일한 후, 위나라 태자 단의 부름을 받은 형가荊軻가 시황제 암살임무를 맡고 떠날 때, 역수易水를 건너며 자신의 심정을 노래한 역수가易水歌다. 이후 형가는 시황제 암살에 실패한 후 참수를 당한다.

몸에 지닌 폭탄과 권총이 각 두 개, 폭탄 하나는 사타구니에다 차고, 나머지는 모두 행리行李(보따리) 속에 간직하였다.

그는 경봉선으로 봉천, 봉천서 안봉선으로 안동현에 이르렀다. 이제 압록강 철교만 건너서면 고국이다.

국경의 경계는 심히 엄중하였다. 만약 조선인임이 드러나는 때에는 가장 엄밀한 조사를 받지 않으면 안 된다. 한번 조사를 받을 말이면, 행리에 들어 있는 폭탄과 권총은 그 자리에서 드러나지 않고 못 배길 것이다.

이 일을 미리 염려하였기 때문에 그는 봉천서 차를 바꾸어 타자, 승객 가운데서 자기가 이용하기 좋은 인물부터 물색하여 보았던 것이다.

차실을 둘러보려니까 저편 구석에 두어 살 된 어린아이를 데리고 앉았는 젊은 왜녀倭女(일본 여자) 하나가 눈에 띈다. 달리 동행은 없는 모양이다.

김익상은 곧 그 앞으로 갔다. 마침 그의 건너편 자리가 비어 있다. 그는 그곳에 앉으며 즉시 그 왜녀에게 수작을 걸었다.

왜녀는 그를 반겼다. 어린것 하나만 데리고 젊은 여자 혼자 나선 나그네길은 몹시 고독하고 또 불안하다. 그렇지 않아도 말동무가 있었으면 하던 차다. 처음 만난 학생이나 그는 저와 같은 일본인이 분명하였고, 그 언어 동작이 심히 쾌활명랑하다. 더구나 그는 저나 한가지로 경성까지 가는 길이라 한다. 그들은 반 시간이 미처 못 되어 벌써 음식을 나누어 먹고, 가정 형편을 이야기하도록 친숙하여졌다.

그러는 사이에 기차는 국경에 다다른 것이다.

차실로 정탐들이 들어왔다. 연해 두리번거리며 승객들을 검사한다. 조선인이라고만 보면, 그들은 하나 용서없이 주소와 성명을 묻고 어데서 오느냐? 어데까지 가느냐? 무엇을 하느냐? 무엇 하러 가느냐? 가진 것은 무엇이냐? 이 밖에 또 없느냐? 미주알고주알 캐어묻고 몸과 행리를 또 알알샅샅이 뒤져보고 하는 것이다.

그러나 그들은 정말 엄중히 조사를 하여야만 옳았을 의

열단원 김익상은 말 한마디 건네어 보지도 않고 그대로 그 옆을 지나쳐 버렸다. 젊은 아내와 어린 자식을 데리고 여행 중에 있는 일본 학생에게 그들은 아무런 흥미도 관심도 갖지 않은 까닭이다.

그들 눈에는 김익상과 왜녀가 꼭 젊은 내외로만 보였다. 또 이편에서 그렇게 보도록 만든 것이다.

이리하여 국경은 무난하게 돌파하였다. 그러나 난관은 그것만으로 그치지 않는다. 서울 남대문정거장의 여객 검사가 또한 만만치 않다. 왜적들은 만주 방면에서 들어오는 조선인이면 으레 한 차례씩은 성가시게 굴고야 만다.

그러나 그의 마음은 지극히 태평이었다.

'이제야 무엇을 근심하랴?……'

차가 남대문정거장에 닿았을 때 그는 왜녀의 어린것을 안고 플랫폼에 내렸다. 그리고 왜녀의 앞을 서서 순경과 정탐들이 눈을 번득이며 늘어섰는 개찰구를 유유히 나갔다.

이리하여 마침내 서울로 들어온 그는, 정거장 앞에서 왜녀와 헤어지자 그 길로 이태원에 있는 아우 김준상의 집으로 갔다.

그곳에서 그는 부인되는 송씨와 오래간만에 상면하였다. 송씨는 그가 집을 나간 이래로 그곳에 몸을 의탁하고 지내오던 것이다.

아내는 이생에서는 다시 못 볼 사람을 보기라도 한 듯 놀라고 반가워하였다. 김익상, 그도 아내 얼굴을 대하는 것이 반갑지 않을 것은 없었다.

그러나 큰일을 앞둔 그는 사랑하는 아내마저 속여야만 하였다. 이번에 자기가 띠고 온 중대 사명에 대하여는 일체 아무 말도 입 밖에 내지 않았다. 그리고 폭탄과 권총이 들어 있는 보퉁이는 그날 밤 자기가 머리에 베고 잤다.

그 밤이 다 가고 밝는 날은 곧 1921년 9월 12일이다.

이날 오전 아홉 시 조금 넘어 나이 한 30은 되어 보이는 전기회사 공원 하나가 한쪽 어깨에 수리기구를 넣는 가방을 메고 진고개에서 왜성대倭城臺로 향하는 고갯길을 천천히 올라가고 있었다. 새삼스러이 주를 달 것도 없는 일이다. 그가 곧 이 아침에 총독부를 폭파하러 나선 김익상이다.

그는 고개를 다 올라가서 마침내 총독부 정문 앞에 다다랐다. 문 옆에는 무장한 헌병이 파수를 보고 있다.

그것은 물론 처음부터 알고 있는 일이다. 또 헌병이나 순경 밀정을 두려워하였다면 애초에 무슨 일을 하려 들었겠냐마는 그는 순간에 어쩐 일인지 가슴 한구석에 섬짓한 생각이 들어 선뜻 문으로 향하지 못하고 그 앞을 지나쳐 버렸다. 그대로 앞만 바라보며 얼마쯤 가니 돌층계 아래 조그만 일본 찻집이 있다.

그가 차일 친 아래로 들어서자 안으로서 늙도 젊도 않은 왜녀가 만면에 웃음을 머금고 나와,

"이랏샤이마세.(어서 오십쇼)"

하고 맞는다.

그는 다다미를 위에 깐 널마루에가 털썩 걸터앉아 맥주를 한 병 청하였다.

'역시 수양이 부족한 탓이냐? 왜, 천연스럽게 문 안으로 들어서지를 못하였느냐?……'

그는 눈 아래 만호장안(사람이 많이 사는 서울)을 굽어보며 그 마음이 즐겁지 않았다. 그러나 내어온 맥주를 제 손으로 유리컵에다 쾰쾰 따라서 한숨에 주욱 들이키고 났을 때 불현듯이 그의 마음에 떠오르는 것은 북경 여사旅舍(여관)에서 동지들이 들려주던 중국 고대의 의사, 협객들의 이야기다.

그는 또 북경역 두(앞)에서 벗이 한 말을 생각해 내었다.

장사일거혜 불귀환壯士一去兮 不復還……

그는 저도 모르게 고개를 한번 크게 끄떡이었다.

'그렇다! 나는 다시 돌아갈 생각은 말아야 한다. 마음 한구석에 그런 잡념雜念이 있으니까 문 안에도 선뜻 들어서지를 못하였던 게다.……'

그는 벌떡 자리에서 일어나며,

"술값 받우."

지전 한 장을 내어놓고, 폭탄 든 가방을 어깨에 둘러멘 다음에 다시 발길을 돌쳐 총독부 정문 앞으로 갔다.

이번에는 서슴지 않고 안으로 들어서려는데 파수병이

보고,

"누구냐?"

소리 친다. 그는 천연스럽게,

"전기 고치러 왔소."

하였다.

헌병은 그의 복장과 또 어깨에 멘 가방을 한번 흘낏 보고, 다음에 슬쩍 외면한다. 김익상은 속으로 픽 웃고, 안으로 들어섰다. 바로 2층으로 올라간다.

층계를 올라 첫째 방이 비서과, 그는 한 손으로 손잡이를 틀어 문을 열고 또 한 손은 재빨리 가방에서 폭탄을 꺼내어 그대로 방 안에다 내어던졌다.

온 청사를 뒤흔드는 폭음을 기대하며 이때 그의 몸은 벌써 나는 새와 같이 다음 방을 향하여 복도를 달렸다. 그러나 그의 기대는 어그러졌다. 불발이었던 것이다. 다음 방은 회계과, 그는 문을 열어제치자,

'이번에도?……'

남은 한 개를 들어 방 한가운데를 향하여 그는 있는 힘을

다하여 메다 붙였다.

왜성대 일판을 그대로 들었다 놓는 일대 폭음과 함께 교의(의자)는 날으고, 책상은 부서지고, 유리창은 창마다 깨어져 산산이 흩어졌다. 마치 천동과 지동을 일시에 겪는 것과 다름이 없었다. 그 방에 집무하던 수십 명 관원은 제일齊一이(일제히) 외마디 소리를 지르고 그대로 그 자리에 쓰러졌다.

이방 저방에 사람들이 자리를 차고 일어나 문으로 몰려 나오는 소리가 들린다. 김익상은 그들이 미처 복도로 나오기 전에, 몸을 돌쳐 층계로 달려갔다. 그러나 그가 그 층계를 겨우 중턱쯤 내려갔을 때, 소리를 듣고 황황히 2층으로 올라오는 헌병·경관의 무리와 마주쳤다. 그는 가장 황겁한 태도로, 손을 내 저으며,

"아부나이! 아부나이! 앙앗짜 이깡!(위험하우, 위험해! 올라가지들 마우)!"

하고 외쳤다.

그 말에 헌병의 무리들은 주춤하며 한옆으로 몸을 비

켜, 그의 내려갈 길을 틔어 준다. 그는 그대로 아래로 뛰어 내려갔다. 이때 총독부 마당에는 난데없는 폭음과 진동에 소스라쳐 놀라, 엉겁결에 집안으로부터 뛰어나온 무리들이 갈팡질팡 어찌할 바를 모르고 있었다. 김익상은 마당으로 달려나오며 그들을 보고도, 다시 한번,

"아부나이! 아부나이!(위험하다! 위험해!)"

하고 소리를 질렀다.

그 소리에 무리들은 어찌된 영문도 모르는 채, 그대로 뜻 모를 소리들을 지르며 서로 앞을 다투어 앞문으로 뒷문으로 몰려 나갔다. 김익상은 그 틈에 끼어 힘 안 들이고 현장으로부터 몸을 빠져나온 것이다.

그로써 15분쯤 지나 그는 황금정 4정목(편주:을지로 4가) 전차길 위에 서 있었다.

이곳은 교통이 번잡한 네거리로 전차 선로가 삼면으로 교차하여 있으니, 동으로 향하면 왕십리요, 북으로 향하면 창경원이요, 서로 향하면 곧 서대문이다.

그는 우선 서대문행을 잡아타고 종점까지 가서 내렸다.

　다음에 온 차를 타고, 다시 황금정 4정목으로 돌아온 그는 이번에는 창경원 가는 차에 몸을 실었다.

　창경원 앞에서 일단 차를 내린 그는 다시 다음 전차로 또 한 번 황금정 4정목까지 돌아와, 그 근처 일인 상점에서 일본 목수들이 입는 한뗑이라 하는 등거리(소매없는 웃옷)와 모모히끼라는 홀태바지(통이 좁은 바지)를 샀다. 그리고 이번에는 왕십리행 전차에 몸을 실었던 것이다.

　그는 종점에 이르러 차를 내렸다. 그리고 서서히 걸어서 서빙고 쪽으로 나갔다.

　나루터 못 미처에서 인가를 피하여 그는 고샅길을 더듬어서 강변으로 나갔다.

　음력 8월 초열흘 조석으로는 제법 서늘한 기운이 느껴도지나 한낮에는 아직 남은 더위가 만만치 않다.

　지극한 긴장 가운데 반나절을 보낸 그는, 맑은 한강물에 시원히 땀을 씻고도 싶었거니와, 또 이곳에서 남몰래 복색을 고쳐야만 하였다.

그는 옷을 훌훌 벗고 물속으로 들어갔다.

한동안 시원히 멱을 감은 뒤에 그는 새삼스러이 주위를 둘러보았다. 다행히 아무도 보고 있는 사람이 없다.

그는 강변으로 나와 굵직굵직한 돌을 여러 개 골라, 벗어놓은 검정 양복저고리와 흰 바지로 싸고 다시 끈으로 단단히 동여매었다. 그리고 그것을 들고 강심으로 헤엄쳐 들어가서, 깊은 곳에다 가라앉혀 버렸다.

바로 이때는 헌병과 순경의 무리가 남산 일대를 철통같이 에워싸고, 숲속과 골짜기 안까지 샅샅이 뒤지며, 검정 양복저고리에 흰 바지 입은 사람이라면 이를 깡그리 잡아내고 있을 무렵이다.

김익상은 입었던 옷을 물속 깊이 감춘 뒤에, 새로 산 한 뗑과 모모히끼로 일본 목수 복색을 차려입고, 강변길을 용산으로 향하여 걸음을 재촉하였다.

이날 남대문, 용산, 청량리 등 각 정거장의 경계는 참으로 물샐틈없이 엄중한 것이었다.

그러나 일본 목수로 변장을 한 그는, 태연하게 용산정

거장에 이르러 평양행 차표를 사 가지고, 경의선 열차에 몸을 실어 드디어 서울을 떠났던 것이다.

한마디 덧붙여 말하거니와, 그가 그렇듯 위험한 가운데 있으면서, 세 번씩 전차를 갈아타고, 두 번씩 먼저 있던 장소로 돌아온 것은, 전차 위에서 사건 발생 직후의 서울 안 동정을 살피기 위함이었다. 경찰의 동향과 일반 민중의 정형情形을 알아보기 위함이었다.

이날 밤 평양에 도착한 김익상은, 그곳 아는 친구의 집을 찾아 들어가 하룻밤을 편히 쉬고, 이튿날 아침 다시 그곳을 떠나 신의주로 향하였다.

객차 안의 공기는 심히 긴장되고 또 소연騷然(떠들썩)하였다. 승객들은 어제 사건이 게재된 신문을 돌아보며 모두 놀라고, 어이없어 하고, 억측하고 또 비평하였다.

김익상은 어느 일인 승객 옆으로 가서 그가 들고 있는 신문 호외를 빌렸다. 어제 사건이 제법 소상하게 보도되어 있다. 그러나 소위 범인에 대하여는 아무런 단서도 잡지 못한 것이 분명하였다.

그는 저 모르게 코웃음이 나오려 하였으나, 문득 깜짝
놀라는 형상을 짓고, 큰소리로 외쳤다.

"칙쇼. 후떼이 센징가 마다 곤나 고도오 얏따나.(빌어먹
을. 불령선인不逞鮮人이 또 이런 짓을 했고나!)"

'불령선인'이란, 당시 왜적들이 조선의 애국자, 혁명투
사를 가리켜 하는 말이다. 이때 철로 연선의 각 정거장은
물론이요, 열차 안에도 무수한 밀정들이 승객을 가장하고
들어와 있어, 차실 안에 있는 모든 사람의 일거일동을 감
시하고 있었던 것이다.

그러나 이 자들은 당치도 않은 사람들에게만 의혹의 눈
을 번득이고, 이 일인 목수가 자기들이 그처럼 찾고 있는
이번 사건의 장본인임을 종내 알지 못하였다.

신의주에서 김익상은 차를 내렸다. 그는 이제부터 걸어
서 국경을 넘으려는 것이다. 국경에 펼쳐진 경계망은 어
느 곳보다도 훨씬 더 삼엄하였다. 누구든 이곳을 그대로
는 지나지 못하는 것이다.

그가 심상한 태도로 압록강 철교를 지나려 할 때, 그곳을 지키고 있던 순경의 무리가 앞을 막아서며 묻는다.

"웬 사람이오? 어데서 왔소?"

김익상은 잠깐 상대자의 얼굴을 빤히 바라보았다. 그 모양이 마치, 일본 순경에게 그러한 신문訊問을 받으리라고는 참말 뜻밖이라는 듯싶었다. 얼른 대답을 않는 그를 수상히 생각하여 순경이 다시 입을 열려 하였을 때, 그는 자못 불쾌하여 하는 기색을 띠고 바로 시비조로 말하였다.

"그대는 이곳 국경을 지키는 경관으로서, 그래 일본신민과 조선인 하나 분간을 못한단 말이오? 그래 가지고 어떻게 막중한 소임을 감당하겠오? 어제 서울에는 대사건이 일어났오. 좀 정신을 차리시오."

순경은 얼굴을 붉히고, 그에게 실례됨을 깊이 사과하였다. 그는 유유히 철교를 건너 마침내 국경을 넘었다.

그로써 이틀 뒤 봉천과 천진 두 곳에 늘이워진 비상선을 차례로 돌파하고, 마침내 북경 정양문 밖 약산 이하 동지들이 기다리고 있는 처소로 돌아오니, 김익상이 이번 길에 오고가고 한 일자가 도무지 일주일이다.

앞서도 말한 바와 같이 이 사건은 미궁에 들어간 채, 그 뒤 7개월이 지나 상해 황포탄에 또 한 개 큰 사건이 일어나기까지, 왜적은 그것이 의열단의 소위(행동)임을 전연 모르고 지냈던 것이다.

상해 황포탄 사건

1922년 3월 하순이다.

김익상 동지가 조선총독부에 폭탄을 던져 왜적의 간담을 서늘하게 한 뒤로, 그사이 이미 반년의 시일이 경과되었다.

약산이 다시 다음 활동을 위하여 새로운 계획을 세우려 할 때, 마침 좋은 정보가 손에 들어왔다. 일본의 육군대장 전중의일田中義一(다나카 기이치)이가 수이 이곳 상해로 오리라는 것이다.

이 전중이라는 자는, 왜국 군부의 중견 분자로 군국주

의의 급선봉이다. 이번에도 저희 나라 정부의 비밀한 사명을 띠고 비율빈比律賓(필리핀)을 방문하였다가, 돌아가는 길에 신가피新加坡(싱가포르)와 향항香港(홍콩)을 거쳐, 상해를 들른다는 것이다.

약산은 곧 상해에 머물러 있는 모든 동지를 한자리에 모았다.

참으로 좋은 기회였다.

이 가증한 침략주의자를 도저히 그냥 보낼 수 없다.

그러나 그를 없이한다 하고 대체 어데서 거사할 것인가? 또 누가 하수下手(착수) 할 것인가? 의열단원들은 전중의 암살계획을 가지고 오랫동안을 신중히 연구하고 열렬히 토론하였다.

전하는 소문에, 전중은 상해서부터 육로를 취하여, 남경·천진·북경·봉천 등 각 도시를 차례로 들른 다음에, 조선을 거쳐 일본으로 돌아가리라 한다.

약산은 동지들의 의견을 참작하여 일을 결행할 곳으로, 상해와 남경과 천진 세 도시를 선택하고, 하수할 사람으로 김익상金益相·오성륜吳成崙*·이종암李鍾岩*, 세 동지를 선발해 내었다.

이 일에 쓸 단총과 폭탄은 이미 준비가 있었다.

그러나 왜적은 우리에게 그러한 계획이 있음을 은근히 눈치챘던 것인지도 모른다. 전중은 이번에 본래 예정을 변경하여, 상해만 잠깐 들르고는 다시 선편으로 곧장 돌아가리라는 것이다.

그것은 확실한 정보였다. 약산은 계획을 변경 아니할 수 없었다. 약산은 속으로 생각한다.

'상해에서만 일을 하자면 구태여 세 사람씩 나설 필요가 없다. 전중이 배에서 내릴 때를 노리어, 단총 한 자루면 일은 이룰 것이 아니겠느냐?'

그러나 세 사람은 모두 제가 가겠다고 고집이다. 아무도 양보하지 않았다. 약산 개인의 의사로는 오성륜을 보

---

* 오성륜吳成崙(1898년 ~ 1947년): 의열단원. 1922년 상하이의 황푸탄 부두에서 일본 육군대장 다나카 기이치(田中義一) 암살시도사건에 참여했다. 체포되었다가 탈출. 1941년 3월 일제에 전향하여 변절하였다.
* 이종암李鍾岩(1896년~1930년): 의열단원. 가명 양건호. 황포탄에서 육군대장 다나카 기이치 처단하려다 실패. 1925년 11월 5일 일경에 피체. 13년형을 언도받고 옥고를 치르던 중 1930년 5월 28일을 대구형무소에서 병으로 옥사.

내고 싶었다. 그러나 이종암·김익상 두 동지가 결코 양보하지 않는다. 그중에도 특히 김익상이 그러하였다.

약산은 마침내 세 사람을 다 보내기로 하고, 한 사람은 전중이 배에서 내릴 때, 또 한 사람은 전중이 일본영사관에서 내어보낸 자동차로 향할 때, 그리고 셋째 사람은 전중이 자동차에 오를 때를 노리라 하였다.

세 사람 사이에 다시 잠깐 자리 다툼이 있었다. 세 사람이 모두 한결같이 자기가 제2선을 맡겠다는 것이다. 서로들 고집을 세워 결정은 쉽사리 나지 않았다.

마침내 오성륜은 벌컥 성을 내고 김익상을 향하여

"자네는 큰일을 한번 하여 보지 않았나? 이번은 내가 좀 해보세."

하고 그런 말까지 하였다.

이리하여 결국 제1선은 오성륜, 제2선은 김익상, 제3선은 이종암으로 작정이 되니, 그것은 내일 오후면 전중이 탄 배가 상해로 들어온다는 오늘밤의 일이다.

그 이튿날 곧 1922년 3월 28일 오후 세시 반-, 전중을 태운 윤선은 마침내 상해 황포탄 홍구 공공마두公共碼頭(공공의 선착장, 부두)에 그 육중한 몸을 갖다 대었다.

이날 부두는 엄청난 대군중이었다.

그렇지 않아도 국제도시의 면목으로 평시에도 중국인·조선인·서양인·인도인·일본인 등 각국 인이 혹은 친척을 맞으러 혹은 붕우를 영접하러 들끓어 나오고, 또 무수한 황포차黃包車*와 마차, 자동차로 그 혼잡한 폼이 비할 데가 없는 터에, 이날은 특히 일본의 이 저명한 군인을 맞기 위하여 중국의 대관·주호駐滬 일본영사·각국 신문기자와 일본 거류민이 쏟아져 나왔고, 또 만일을 경계하여 무수한 정탐과 호위병들, 순경과 헌병들이 처처에 늘어서 복잡하고 열뇨熱鬧(시끌벅적)한 가운데 경계가 또한 심히 엄중하였다.

이때 오성륜·김익상·이종암 세 사람은, 각기 정한 자리에가 서서, 남몰래 몸에 지닌 단총과 폭탄을 어루만지며, 한시바삐 전중이 나타나기만을 기다렸다.

마침내 배와 부두 사이에 사다리가 걸치고 승객들이 차

---

* 황포차黃包車: 상하이에서 타던 고무 바퀴로 된 인력거

례로 상륙하기 시작하였다.

제1선을 맡은 오성륜은 사격에 있어서 누구보다도 자신을 가진 사람이다. 그는 단 한 방으로 전중을 저생生에 보낼 것을 스스로 기약하며, 눈도 깜짝 않고 사다리를 내려오는 사람들의 얼굴을 일일이 살피고 있었다.

얼마 지나서 전중이 사다리 위에 나타났다. 어젯밤 늦도록 사진을 보아 눈에 익혀둔 바로 그 얼굴이다.

오성륜은 포켓 속에서 단총을 으스러지라고 쥐었다.

전중이 사다리를 내려온다.…… 내려왔다.…… 부두에 섰다.…… 마중 나온 무리들이 분분히 그의 앞으로 간다.…… 전중도 마주 앞으로 나서며 그들과 차례로 악수를 한다.……

정히 그 순간을 포착하여 오성륜은 재빨리 단총을 꺼내들고 전중이의 가슴을 향하여 조준하자

탕…… 탕…… 탕……

탄환 세 개가 연주連珠(구슬)처럼 허공을 날았다.

그러나 뉘 알았으랴?

그가 바야흐로 방아쇠를 당기는 순간, 전중이 앞으로 금발벽안의 한 청춘 여자가 홱 나섰다. 오성륜이 쏜 탄환은 그대로 이 외국 여자의 가슴에 박힌 것이다.

그러나 정작 오성륜은 이것을 모른다. 그는 물끓듯하는 군중 속에서 정녕 자기는 전중을 쏘아 죽인 줄만 여겼다. 그는 너무나 열광한 나머지에 목청이 터져라 독립만세를 불렀다.

정작 전중은 이때 사람 틈을 헤치며 앞으로 고꾸라질 듯 전속력으로 자기가 탈 자동차를 향하여 뛰어가고 있었다.

제2선을 맡은 김익상은, 이 모양을 보자 멀리 오성륜 편을 향하여

"잘못 쏘았다!"

큰소리로 외친 다음, 즉시 갈팡질팡하는 군중들을 밀치고 전중의 뒤를 쫓으며 연하여 두 방을 쏘았다.

그러나 그것은 불행히 두 개가 모두 그의 모자를 꿰뚫었을 뿐이다.

김익상은 단총을 왼손에 바꾸어 쥐자, 곧 폭탄을 꺼내

어 옆에 섰는 전신주에다 힘껏 부딪친 다음에, 전중을 향하여 내어던졌다.

그러나 불발이다.

이때 전중의 몸은 이미, 자동차 안에 들어 있었다. 제3선을 맡은 이종암이 군중을 헤치고 앞으로 나서며, 곧 차를 향하여 폭탄을 던졌다.

그러나 자동차는 달리기 시작하였고, 바로 그 뒤에 떨어진 폭탄은 이것도 역시 불발이다. 마침 그곳에 섰던 미국 해병이 이를 발길로 질러 바다에다 처넣었다.

이리하여 전중은 천라지망天羅地網(빽빽이 펼친 그물)에서 벗어나 위험구역에서 완전히 몸을 빼치고 만 것이다.

대체 어느 점에서 우리의 주도한 계획이 이렇듯 틀어지고, 어느 점에서 전중이 그렇듯 구사에 일생을 얻을 수 있었나?

첫째는, 오성륜이 단총을 발사하는 그 순간에 뜻하지 않고 외국 여자가 전중이의 앞으로 나선 것이다. 전중의 가슴 한복판에 들어가 박힐 탄환은 그대로 이 불운한 여자의 심장을 쏘아 맞추었다.

그러나 어찌하여 탄환은 모두 여자의 가슴에 박힌 채 그 등을 꿰뚫고 나가지 못하였던가? 세 개 탄환 가운데 단 한 개라도 그의 몸 밖으로 나갔다 하면, 바로 그 뒤에 붙어 섰던 전중은 도저히 온전할 수 없을 것이었다.

그러나 그것을 옛사람들은 천수라 이르는 것일까? 거사 전에 약산은, 전중이를 맞춘 탄환이 다시 그 몸을 꿰뚫고 나가 다른 죄 없는 사람을 상할까 저어하여, 동지들이 이날 사용할 탄환에는 모두 칼 끝으로 십자를 아로새긴 것이다.

이리하여 결과는 죄 없는 외국 여자만 죽고, 정작 전중은 안전하기에 이르렀다.

그는 그렇다 하고 오성륜이 만약 잘못 다른 사람을 쏜 것을 좀 더 일찍만 알았어도 그곳에 기회가 정녕 있었다. 그러나 그는 이미 일을 이루었다 믿고 만세를 고창高唱하였던 것이다. 다음은 김익상의 사격이다.

그도 오성륜만 못지 않은 단총의 명수였으나 원체 일순 一瞬(눈 깜짝할 새)을 다투는 급한 경우였고, 또 도망하는 자는 탄환이 몸에 미칠 것을 두려워하여 상체를 극도로 굽히고 뛰었다. 연달아 쏜 두 방이 실로 간일발間一發(한 발 차이)에 그의 모자를 맞추고, 터럭 하나 상치 못한 것도 어쩌는 수 없는 일이다.

그러나 기회는 오히려 다음에 던진 폭탄에 있었다 하겠다. 그것만 옳게 터졌다 하면, 전중의 몸은 가루가 되었을 것이다. 뼈 하나를 어데가 추려볼 것이겠느냐?

그러나 불행히도 그것은 폭발되지 않았다. 그 원인은 어디 있었나? 김익상이 연전에 조선총독부를 폭파할 때 사용한 폭탄은, 격침擊針(공이)만 뺀 다음에 던지면 폭발되는 종류였다. 그러나 이날 그가 사용할 것은 그와는 다르다. 머리에 달린 나사 꼭지를 돌려 뺀 다음에 던져야만 비로소 위력을 발휘하는 것이다.

그것을 그는 몰랐던 것이 아니다. 다만 일순을 다투는 그 경우에 미처 그럴 겨를이 없었다. 그는 오직 자기의 완력을 믿고, 전신주에다 힘을 다하여 한번 부딪친 다음에 던졌다. 그러나 나사 꼭지를 뽑지 않은 이상 폭발을 기대할 수는 없는 일이었다.

다음에 이종암이 던진 폭탄마저 불발이고 보면, 이때 전중이 목숨을 도망한 것은 옛사람 문자마따나, 역시 천수라 할밖에 없을지 모른다.……

하여튼 이리하여 모든 계획은 수포로 돌아갔다.

자기가 마지막 던진 폭탄이 역시 불발인 채로 미국 해병의 발길에 바다 속으로 굴러 떨어지고, 전중을 태운 자동차가 이미 멀리 사라진 것을 보았을 때, 이종암은 입고 있던 외투를 재빨리 벗어 땅에 던지고, 군중 속으로 들어가 몸을 숨겨 버렸다.

이리하여 그는 홀로 무사함을 얻었다.

그러나 김익상과 오성륜 두 동지는 그렇지 못하였다.

그들은 손에 단총을 쥔 채 그대로 거리를 달렸다. 그 뒤를 헌병·순경·밀정의 무리는 물론이요, 일반군중까지 아우성을 치며 쫓는다. 부두 일대는 그대로 수라장이었다.

중국 순경이 섣불리 덤비다가, 김익상이 공중에 대고

놓은 총 한 방에 놀라 쓰러졌다.

　인도印度 순포巡捕는 그들의 앞길을 막다가, 한편 다리에
탄환을 맞고 넘어졌다.

　다시 영국 신문기자는 달려들어 단총을 뺏으려다, 허리
에 상처를 입고 나가자빠졌다.

　여기저기서 일어나는 순경의 호각 소리…… 군중은 이
리 달리고, 저리 몰리고, 밟고, 밟히고, 처녀는 기절하고,
어린것들은 울부짖는다.

　이러한 때 약산은 어데 있었나?

　그는 일이 일어나기 전에 강세우·서상락, 두 동지와 더
불어 각기 자전거 한 대씩을 가지고, 부두 근처에서 형세
를 관망하고 있었다. 오·김·이, 세 동지가 하수한 뒤에 자
전거로 몸을 피하게 하여 주자는 생각에서다.

　그러나 그것은 부질없는 일이었다. 이 군중, 이 혼란 속
에, 어떻게 무슨 수로 자전거를 건네어 주고, 또 주면 그
것을 타고, 어디로 몸을 피하여 본단 말이냐?……

뒤를 쫓는 무리는 자꾸 붙어만 갔다. 앞에서도 사람들은 아무 영문 모르면서 그들의 가는 길을 막으려 한다.

두 사람은 연방 단총을 휘둘러 위협하며 구강로九江路를 지나 사천로四川路로 달리었다.

그러나 사천로로 들어서자, 그곳에 객을 기다리고 있던 무수한 황포차가 일제히 내달아 앞을 탁 가로막는다.

이제는 진퇴양난이다. 탄환은 이미 다하였고, 길 또한 끊어졌다. 두 사람은 마침내 포박을 당하고 말았다.

그들은 그길로 공동조계共同租界 공부국*으로 끌려가 총포방總浦房에서 하룻밤을 지냈다. 그리고 이튿날 오전 열시, 주호駐滬 일본영사관 경찰서로 인도되었다.

이곳에서 두 사람은 각각 다른 감방에 갇히어 매일같이 왜적의 심문을 받았던 것이다. 여기서 비로소 김익상이 총독부 폭파사건의 진범인임이 드러났다.

경기도 경찰부에서는 당시 제등齋藤(사이또) 총독을 저격한 열사 강우규姜宇奎를 체포하여, 민완경부로 이름을 날

---

* 공동조계共同租界 공부국: 여러 나라가 공동으로 관리하는 외국인 거류 지역에 두었던 관청.

린 김태석金泰錫*이 이곳 상해까지 출장을 나왔다.

엄중한 취조는 일 개월 이상을 두고 계속되었다.

그사이 오성륜은 천우라고나 할까? 계획한 파옥이 성공하여 마침내 동지들에게로 다시 돌아갈 수가 있었으나, 김익상은 그 뒤로 더욱 감시가 엄중하여 그러한 행운은 바라도 못 보고 마침내 일본 장기長崎(나가사끼)로 호송되었다.

이 사건에는 슬프고 또 아름다운 에피소드가 하나 있다.

김익상이 아직 장기로 호송되기 전이요, 오성륜도 미처 탈옥하기 전인 어느날 일이다. 뜻밖에도 그들에게 면회를 청하여 온 한 영국 청년이 있었다.

철책을 사이에 두고 만나 보니, 그는 아무 다른 사람이 아니요, 오성륜이 전중을 겨누고 쏜 탄환에 잘못 맞아 희생된 영국 부인의 바로 남편 되는 이다.

그들 부처는 신혼여행을 나선 길에 이 상해에 들른 것이다. 그러나 말로만 듣던 동방의 파리 상해에, 겨우 한 발을 인印쳐 보았을 뿐으로, 사랑하는 아내는 횡사를 하고 말았다.

----

* 김태석金泰錫(1882년 11월 23일 ~ ?): 일본 명 가네무라 타이수쿠(金村泰錫). 일제강점기 경찰, 중추원 참의. 1920년 의열 조선총독부 폭탄거사를 사전에 무산시켰다. 상해 임시정부로부터 "7가살"로 지목되었다.

뜻밖의 일을 당하였을 때 그는 눈이 벌컥 뒤집혔다. 그래, 그는 순경의 무리와 더불어 군중들의 앞을 서서 가증한 살인범을 추적하며, 그 고기를 씹어도 시원치 않을 듯싶게 생각하였었다.

그러나 뒤에 알고보니 그들은, 조선의 젊은 혁명가로서, 조국의 해방을 위하여, 일본의 대표적인 군국주의자를 총살하려 하였던 것이라 한다.

비록 아내를 잃은 슬픔은 그지없는 것이었으나, 그는 또한 좋은 교양과 넓은 도량을 아울러 갖춘 청년 신사였다. 그는 쇠창살 틈으로 내어미는 조선혁명가의 손을 굳게 잡고

"사랑하는 아내를 잃고 나는 불행합니다. 그러나 결코 그대들을 원망하고 있지는 않습니다. 나는 그대들을 존경합니다. 나는 아내의 죽음으로 그대들을 영원히 기념하려 합니다. 앞으로 내게 기회가 있고, 또 내 힘이 자란다면, 나는 그대들의 해방운동을 도와 드리고 싶습니다."

그는 낮은 음성이나, 진정을 가지고 이렇게 말하였던 것이다.

일본 장기로 호송된 김익상은, 그뒤 어찌 되었나?

우리는 당시의 신문기사를 살펴보기로 한다.

그해 6월 5일 동아일보에는 특파원의 다음과 같은 수기가 실리어 있다.

청의 생활 김익상

몸이 연초회사 직공으로 있는 중에, 시국에 불평을 품고 중국 각지를 방랑하다가, 작년 9월 12일 백주에 조선총독부에 폭탄을 던지어 세상을 놀래고, 교묘한 수단으로 국경을 벗어나서, 다시, 중국 각지를 돌아다니다가, 금년 3월 28일 상해 부두에서 일본 전 육군대신 전중田中(다나카) 대장에게 폭탄을 던진 김익상은, 지나간 5월 6일에 상해로부터 장기로 압송되어, 현재 장기시 서북편, 잡답雜踏(사람들로 북적이고 복잡)한 시가를 눈앞에 둔 편연분감에 재감중인데, 피고의 근일형편에 대하여, 추본秋本(아키모토) 분감장은 말하되,

"그는 이곳에 온 후로, 매우 안심하고 있습니다. 식사는, 처음 왔을 때는, 조석만을 감식監食을 먹고, 점심은 자기 돈으로 사

먼더니, 지금은 돈이 떨어졌는지 일일 삼식을 감식을 먹게 되며, 의복도 별로 차입하는 사람이 없고, 이곳에 올 때는 양복을 입었었으나, 지금은 미결수의 청의靑衣(편주:예로부터 죄수에게는 푸른 옷을 입혔음)를 입었으며, 이곳에 온 지 일 개월이 가까워도, 차입하는 사람은 일인一人도 없습니다. 심심하다고 낮에는 그물을 뜨고 있는데, 매우 잘 뜨기로, 그전에 해본 일이 있느냐고 물으니까, 그전에 해본 일이 없다고 하는데, 매우 교묘하게 하던 걸이요. 무식한 사람으로 일본어도 잘하며, 감옥규칙도 잘지키어, 항상 얼굴에 웃음을 띠고, 쾌락한 모양으로 있으며, 혼자 독방에 있으니까, 이야기할 사람도 별로 없지마는, 지금까지 말하는 것을 보지 못하였습니다."

기자는, 다시(김익상의 처 송씨와 제 김 모가 역시 연대자連帶者로 경성에서 체포되었는데) 김익상이가 가족에 대한 생각은 하지 않느냐고 물은즉,

"글쎄요. 그와 같이 잡힌 것을 이 감옥에 온 후에는, 내가 알지도 못하였고, 일러 주지도 아니 하였으니까, 아마 모르겠지요. 하여간, 이 감옥에 온 후로는, 편지라고는 최모에게 하

는 것밖에는 보지 못하였소."

이로써 분감장과의 문답을 마치었다. 이 감옥에 온 후로 차입하는 사람이 없으므로, 유죄로 결정도 되기 전에 의식衣食을 모두 감옥신세를 지지 아니하면 안 되고, 복역이 결정되기 전에 징역이나 다르지 않은 그물 뜨기로 무료함을 잊는다는 몇 마디 말은, 김익상의 신세가 얼마나 비참하고, 그의 현재 심중이 얼마나 답답한 것을 큰소리로 증명하는 것이 아닌가. 기자는 일본어로 번역된 신약전서 한 권을, 김익상이 감옥에 들어온 후, 처음으로 차입하고, 밖으로 나와 바라보니, 전편前便에 보이는 풍두산과 아미산에는 녹음이 무르녹아 푸른 물이 흐르는 듯하다. 넘어가는 저녁 해가, 가도 없는 바다 저편에 숨고, 삼백년 옛 포구에 전등빛만 찬란할 때, 멀리 고국 하늘을 생각하고, 젊은 협객의 흉중에도 응당, 무량감개가 떠돌겠지.⋯⋯

김익상의 공판은 그해 6월 30일, 오전 9시 40분에 장기長崎지방 재판소에서 공개되었다. 사실심리가 끝난 뒤에 재판장은 그를 향하여 물었다.

"무엇이든지 피고에게 이익되는 증거가 있거든 말하라."

이때 김익상은 빙그레 웃은 다음

"나의 이익이 되는 점은 오직 조선독립뿐이오."

하였다 한다. 그로써 석달 지나 9월 27일 동아일보에는

조선총독부에 폭탄을 던지고, 상해에서 전중田中(다나까) 대장을 저격한 김익상은 25일 장기지방재판소에서 송강松岡(마쯔오까) 재판장으로부터 무기징역의 판결언도가 있었다더라.

장기 특전長崎特電

다시 두 달 지나 11월에는

일본 군벌의 거두, 전중田中 대장을 상해 부두에서 암살코저 한 김익상의 공소공판은, 30일 오후 3시 40분에 장기 공소원에서 개정되어, 삼森 재판장과 삼호三好 검사가 열석하고, 사실심리를 하였는데, 김익상은 사실 전부를 시인하였다. 열

석하였던 삼호 검사가 일어나서, 피고의 범행 동기는 동정할 만한 가긍한 점이 있으나, 피고 뒤에는 조선독립 의용군을 위시하여, 독립단이 뒤를 이어 일어날 염려가 있으니, 경輕한 형벌에 처하는 것이 득책이 아니라, 극형에 처하여 달라고 구형求刑하였다. 이 말을 들은 김익상은 태연히 웃으며, "극형 이상의 형벌이라도 사양 않는다"고 공술하고, 오후 5시 50분에 폐정하였다더라.

장기 전보長崎電報

그로써 일주일이 지나 11월 7일 동아일보에는

김익상의 공소공판은, 6일 오후 한 시에 장기공소원에서 개정하고, 전前 판결 무기징역을 취소하고, 사형을 언도하였다더라.

장기 지급전보長崎至急電報

그리고 다시 닷새 지나 12일의 보도에는

장기 공소원에서 사형에 언도된, 조선총독부에 폭탄을 던지고 상해에서 전중 대장을 저격한 김익상은, 상고 기간인 9일 오후 8시까지 상고를 하지 않았으므로, 사형에 확정되었더라.

장기 전보長崎電報

이리하여 사형으로 확정이 된 그는, 이제 오직 형의 집행만을 기다리고 있게 되었는데 뜻밖에도 소위 은사恩赦라는 것이 있어 종신징역으로 감형이 되고, 이래 웅본熊本(구마모토)형무소에서 복역 중 1927년 2월에 또 한 번 소위 은사로 하여 다시 20년 징역으로 감형이 되었다.

20년, 인생의 가장 유익한 시기를 옥중에서 보내고, 30전 청년은 어느덧 50객 중노인이 되어 김익상은 다시 이 사바세계로 나왔다.

그러나 그가 이 사회와 격리되어 있는 동안에, 세상 형편은 엄청난 변천을 보이고 있었다. 만주에는 어느 틈엔가 괴뢰정권이 서고, 중국은 강도 일본의 침략으로 하여 도처에 참담한 전화戰禍를 겪고 있었다. 옛 동지는 그사이 많이들 죽고 없었다. 살아 있을 사람도 그 소식을 전하지는 않았다.

약산은 무엇을 하고 있을까? 그가 만약 죽지 않고 살아 있다면 응당, 동지들과 더불어 중국 군대와 힘을 합하여 열렬히 항일투쟁을 계속하고 있을 것으로 상상되었다. 그러나 그것은 물론 그의 속짐작이다. 아무 정보도 그는 얻어들을 수 없었다.

그는 심히 고독하였다. 21년 만에 돌아와 본 집안에 아내는 있지 않았다. 아내는 자기가 돌아올 때까지 기다려 주지 못하고, 마침내 다른 사람에게 몸을 의탁하여 집을 나가고 말았던 것이다. 그러나 김익상은 아내를 원망할 생각은 털끝만치도 없었다.

그는 본래 사형수였고, 뜻밖의 은사로 요행 목숨을 부지하게 되었으나, 그래도 무기징역 한평생을 옥중에서 보내야만 할 몸이었다. 이생에서는 다시 한자리에 모일 수 없는 인연이었다.

아내는 대체 누구를 믿고 살아갈 수 있었단 말인가? 더구나 생활은 극도로 간구하였다.

'가엾은 아내……'

그는 옛 아내를 꼭 한번 만나고 싶었다. 만나서 한때 옛 일을 이야기하고 싶었다.

그러나 아내의 있는 곳은 마침내 알 길이 없었다.

김익상의 최후는 분명치 않다. 그의 생사를 우리는 아 직 정확히 알 도리가 없다. 그가 출옥한 지 오래지 않아 어느날 그를 찾아온 형사 하나가 있다. 물어볼 말이 있으 니 잠깐 같이 가자는 것이다. 그러나 이날 형사에게 끌려 나간 채 김익상은 마침내 다시 돌아오지 않았다. 친지들 이 백방으로 알아보아도 그의 거취는 알 길이 없었다.

"그렇듯 20년이나 고역을 치르고 나왔건만 왜놈들은 그 를 그대로 버려둘 수 없었던가 보오. 아무래도 김익상 동지 는 고 악독한 놈들 손에 참혹한 최후를 마친 것만 같구료."

말을 맺자, 고즈넉이 눈을 감는 약산의 표정은 비창한 것이었다.……

제9

제2차 대암살 파괴계획

상해 황포탄에서 전중의일田中義一(다나카 기이치)을 저격하
자던 계획이 무참히도 실패로 돌아간 뒤, 약산은 다시 상
해·북경·천진 간을 왕래하며 다음 활동을 위하여 준비를
진행시키고 있었다.

생각하여 보면 의열단은 1919년 11월 10일 길림에서
조직된 이래 부절不絶히(끊임없이) 암살과 파괴를 계속하여
왔다.

곽경·이성우 등 동지에 의한 제1차 대암살 파괴계획

박재혁 동지의 부산경찰서 사건

최수봉 동지의 밀양경찰서 사건

김약수 동지의 조선총독부 사건

그리고 이번의 상해 황포탄 사건

....

의열단은 그사이 모든 곤란과 장애에도 굴하지 않고 그렇듯 꾸준히 활동을 하여 온 것이다.

이리하여 의열단의 이름은 국내 국외에 크게 떨쳤다. 왜적은 오직 이름만 듣고도 전율하고 민중은 그 활동을 볼 때마다 열광한다.

그러나 실지에 있어서 그동안의 활동이 얼마나한 성과를 거두었던가? 구경究竟(끝내) 일개의 경찰관리를 살해하고 건물의 일부를 파괴하는 데 그치고 말지 않았나?

성과가 이렇듯 미미한 분수로는 그 희생이 너무나 컸다. 곽경·이성우·김익상을 비롯하여 왜적의 손에 검거되어 단련을 받고 있는 동지가 이미 20명이 넘고, 박재혁·

최수봉 두 동지는 이미 목숨까지 잃었다.

비록 왜적의 간담을 서늘하게 하고 민중을 각성시킨 바는 있었다 하더라도, 물적·인적의 손실은 실로 막대하다고 할밖에 없다.

'이래 가지고는 안 된다.'

약산은 생각하는 것이다. 크나큰 성과를 기약하기 위하여는 실로 주밀한 계획과 완전한 준비 아래 가장 대규모의 암살·파괴가 있지 않으면 안 되리라고.

그는 파괴대상으로, 조선총독부·동양척식회사·조선은행·경성우편국·경성전기회사, 그리고 경부선·경의선·경원선 등 중요 철로 간선을 생각하고, 암살대상으로선 총독 제등실齋藤實(사이또 미노루), 정무총감 수야련태랑水野錬太郎(미즈노 렌따로우), 경무총감 환산학길丸山鶴吉(마루야마 가메끼지) 그리고 탐정 가운데 유력한 자들을 마음에 두었다.

그러나 이 거창한 계획을 결행하기 위하여는 물건과 사람이 다 갖추어야 한다. 사람은 있었다. 유능한 동지는 수십 명으로써 헤일 수 있다.

다만 문제는 물건이었다.

약산은 이제까지의 경험으로 보아, 앞으로의 활동을 위하여는, 무엇보다도 우선 위력 있는 폭탄부터 구하여야 할 것을 알았다.

김익상 동지가 겹겹이 둘린 왜적의 엄중한 경계망을 뚫고 깊이 적의 아성 총독부 안에까지 들어갔으면서도, 그 결사적인 모험이 거둔 성과는 겨우 회계과 마루청에 조그만 구멍을 뚫고, 몇 개의 책상과 의자와 유리창을 부수었을 그뿐이다.

그것도 두 개를 던져 한 개는 불발이었다.

동지의 참담한 신고辛苦를 위하여서라도, 적어도 건물의 절반은 그대로 날아갔어야만 옳을 일이다. 그때는 동지가 요행 무사히 돌아왔기에 망정이지, 자칫 목숨과 바꾸기라도 하였다 하면, 그 신고 그 모험 그 희생의 대가를 대체 어데 가서 찾아야 옳으냐?

'위력 있는 폭탄 그렇다! 성능이 절대 우수한 폭탄부터 구하여 놓고 볼일이다!……'

약산은 그렇게 생각하였다.

당시 북경에는 많은 외국인이 들어와 있었다. 그들 가운데는 특수한 기술을 가지고 있는 자도 많았다.

약산은 힘써 그들과 교제하였다. 그리고 마침내 그들 가운데서 폭탄 제조에 경력이 있는 자 세 명을 가려내어, 은밀한 가운데 일을 시켜 보았다.

세 명은 국적이 다 각각이었다. 한 사람은 이태리인, 한 사람은 오스트리아인 그리고 또 한 사람은 독일인이었다.

결과는 독일인의 제품이 비교적 우수하였다. 그러나 약산이 기대하였던 것처럼 완미한 물건은 아니다.

이러한 때 약산은 뜻하지 않게 이태준李泰俊*이라는 의사醫師와 서로 알게되었다.

그는 영남 사람으로 경성 세브란스 의전 출신이다. 3·1 운동이 일어나기 전에 그는 김규식金奎植, 유동열 등과 함께 해외로 나와 외몽고 고륜庫倫(울란바토르)으로 가서 개업하였다.

---

* 이태준李泰俊(1883~1921): 경남 함안 출생. 세브란즈의학교 졸업. 몽골의 슈바이쳐라 불리웠다. 몽골의 마지막 칸 보그드 칸 주치의. 의열단 가입하고 상해 임시정부의 자금을 조달하는 등 독립운동에 큰 역할을 하였다.

병에 걸리면, 기도나 드리고 주문이나 외우고 하는 미신적인 요법밖에 모르는 지방에서, 단 한 사람 양의의 성가는 높았다. 얼마 안 있어 그는 제왕궁에 출입하게 되고, 모든 왕족들의 그에 대한 신임은 가장 두터웠다. 그러나 그는 그 생활에 만족하지 않았다. 그도 지사다. 조국 광복을 위하여는 그도 항상 마음을 태우고 있었다. 멀리 고륜에 들어가 있으면서도 동지들과 사이에 연락은 끊인 적이 없다.

이는 이미 지난 일이거니와, 레닌에게서 조선의 혁명운동을 위하여 상해임시정부로 보내는 돈 백만 원(편주: 현재 가치로 약 320억원) 중의 40만 원(편주: 현재 가치로 약 130억원)을 박진순朴晉淳이라는 사람이 받았다. 그러나 받기는 받았어도 이것을 상해까지 완전히 가지고 올 도리가 없다. 억지로라도 길을 취하자면 오직 외몽고를 통과할밖에 수가 없었다.

그때 이태준이 나서서 고륜서 장가구張家口, 장가구에서 다시 상해까지 40만 원 수송의 중임을 성취하였던 것이다.

이로 말미암아 그는 왜적에게 은근한 주목을 받는 존재가 되어 있다.

그가 이번에 이곳 북경에 온 것은 동지와의 연락을 위함이었다. 누구 소개하는 이가 있어 그는 어느 요정에서 약산과 만났다. 뜻이 같으면 일면도 여구如舊(오랜동안 알아왔던 이와 같음)하다. 그는 '구축왜노'·'광복조국'·'타파계급'·'평균지권'을 강력히 주장하는 의열단 주의主義에 크게 공명하여 즉석에서 자기도 가맹하기를 원하였다.

그리고 약산이 현재 폭탄 제조를 위하여 우수한 기술자를 구하고 있다 알자, 이태준은 그에게 헝가리인 마자알을 추천하였다.

마자알은 그 당시 고륜에 체류하고 있는 포로였다. 여비가 없어 저의 본국으로 들어가지 못하고 있는 불운한 처지였다. 폭탄 제조에는 실로 탁월한 기술을 가지고 있는 그는 또한 젊은 애국자이기도 하였다. 제 자신 열렬한 애국자인 까닭에, 만약 저의 기술이 같은 약소국인 조선의 해방을 위하여 유용한 것이라 안다면, 마자알은 기꺼이 약산의 일을 도울 것이라고 이태준은 장담하였다.

약산은 그 외국 청년과 한번 보기를 원하였다. 이태준

은 수이 기회를 보아 마자알을 데리고 올 것을 약속하고 수일 후 고륜으로 돌아갔다.

그 뒤로 약산은 이태준이 다시 북경으로 나오기만 고대하였다. 어서 하루바삐 마자알과 만나 일을 시작하고 싶었다. 그러나 고륜으로부터는 아무 소식도 전하여 오지 않았다. 초조히 날을 보내는 중에 하룻날 약산은 뜻밖에도 흉보를 받았다. 이태준이 총살을 당하였다는 소식이다.

깜짝 놀라 알아보니 사실은 곧 이러하다.

얼마 전에 이태준은 한 외국인을 동반하고 집안사람들에게는

"잠깐 북경까지 갔다온다."

하고 고륜을 떠났다 한다.

그러나 그가 미처 장가구에 이르기 전에, 운명의 악희惡戲(장난)는 사막 한가운데서 그의 일행을 세미요노프 장군*의 군대와 서로 만나게 되고야 말았다.

이 반혁명군 속에는 일인日人 길전吉田(요시다)이라고 하는 자가 참모로 있었다. 그는 이태준을 알아보았다. 저희들

---

* 세미요노프장군: 백계 러시아군 장군. 반혁명군. 러시아 군벌

의 이른바 '불령선인'을 그자는 그냥 버려둘 수 없었다.

이리하여 이태준은 마침내 그자의 손에 비통한 최후를 마치고 말았다 한다.……

약산은 동지의 죽음을 진정으로 서러워하였다. 그리고 그와 함께 마자알의 거취를 못내 궁금하여 하였다. 이태준이 이번 길에 동반하였다는 외국인이, 곧 헝가리 청년 마자알일 것은 새삼스러이 논의할 여지가 없는 일이다.

'정녕코 그는 내게 한 약속을 이행하려 마자알을 데리고 오다 참변을 당한 것이다.……'

이를 생각하면 약산은 더욱이나 동지의 참혹한 죽음이 마음에 서러웠다.

그러나 단순히 서러워하는 것만으로는 결코 동지의 영혼을 위로할 수 없는 것을 그는 안다. 강도 일본을 구축하고, 조국의 혁명이 달성될 때, 비로소 동지는 지하에서 미소할 것이다.

"어서 일을 하자!"

약산은 이에 이르러, 또 한번 폭탄 제조에 탁월한 기술을 가졌다는 헝가리 청년 마자알을 생각하는 것이었으나, 정작 이태준이 죽은 이제 그와 연락할 길은 없었다.……

그러자 얼마 안 지나 약산은 동지들로부터 이상한 소문을 전하여 들었다. 며칠 전부터 한 외국 청년이 북경 성내의 술집을 드나들며 조선 동포만 보면

"당신은 김원봉이라는 이를 아오?"

묻고

"알거든 부디 만나게 하여 주오."

간절히 청하여 마지않는다는 것이다.

약산은 속으로

'혹시나……'

하고 생각하였다.

그래 그를 만나 보았다. 역시 추측하였던 그대로 마자알이었다.

그는 이태준에게서 이야기를 듣자 곧 약산을 만나려 그와 함께 고륜을 떠났다. 중로에서 일어난 비극에, 마자알은 외국인이므로 하여 홀로 무사함을 얻었다. 자기를 인도하

여 주는 닥터 리는 비록 죽었으나, 자기는 예정한 대로 북경으로 가야만 하였다. 북경으로 가서, 자기의 기술을 기대하고 있다는 조선의 혁명가와 기어코 만나야만 하였다.

이리하여 그는 단신으로 북경까지 나와, 연일 각처로 약산을 찾아다닌 것이다.

만나서 이야기를 하여 보니, 과연 이태준이 하던 말이 헛되지 않음을 알겠다. 그는 우수한 기술자일 뿐이 아니라 또한 열렬한 혁명사상을 가지고 있는 청년이었다.

그가 닥터 리에게서 단 한 번 약산의 이야기를 들었을 따름으로, 그렇듯 허위단심 북경까지 찾아 이른 것은, 결코 그 보수가 탐났기 때문이 아니다. 실로, 자기의 기술을 가져 조선혁명운동에 참가할 수 있다는 것에, 크나큰 기쁨과 자랑을 느낄 수 있었던 까닭이다.

며칠 후, 약산은 마자알과 함께 상해로 돌아왔다. 이제부터 적당한 곳에 집을 정하여 본격적으로 폭탄을 제조하려는 것이다.

약산은 법조계法租界(편주:상해 프랑스 조계지)에 한 채 양옥을 세내었다. 명의는 마자알의 이름으로 하였다. 이 집의 지하실을 그들은 비밀한 공장으로 사용하려는 것이다.

동지 이동화가 마자알을 도와 이곳에서 폭탄을 제조하기로 되었다. 그는 해삼위(블라디보스톡)에 오래 있다 온 사람으로 노어에도 능하였다.

그는 동리 사람들의 혐의를 피하기 위하여 요리인의 명목으로 이 집안에서 기거하였다. 다만 명목만이 아니다. 실지로 그는 빵을 굽고, 계란을 부치고, 또 접시를 닦았다.

약산은 이 집의 동거인으로 또 현계옥玄桂玉*이라는 여자를 택하였다. 그는 대구 출신의 혁명 여동지로, 뒤에 모스코로 가서 공산대학을 졸업할 사람이다.

남들의 눈에는, 한 젊은 외국인이 아리따운 동양 여자를 데리고 이곳에 살림을 차렸다고도 볼 수 있었다.

이 집에는 또 때때로 중국인 노파 하나가 드나들었다. 그는 동리에서 조노태태曹老太太라고 불리우는 사람으로 오송吳淞에 있는 중국방역의원의 원장인 조사구曹思劬란

---

* 현계옥玄桂玉(1897~?): 대구에서 태어나 17세에 기생이 되었다. 독립운동가 현정건을 만나면서 독립운동에 투신. 21세때에 만주로 가 의열단에 가입. 만주와 상하이를 오가며 비밀공작을 수행했고 폭탄을 운반하는 중요한 역할을 하였다. 1928년 모스크바로 가서 공산대학을 졸업했다.

이의 부인이다. 앞서 파리강화회의가 열렸을 때, 일본 대표 사절을 암살하러 갔었던, 김철성 동지의 양모 격이 되는 노부인이다.

이들 조씨 부처는 의열단의 숨은 동정자였다.

폭탄을 만들려면 우선 재료부터 구비하여 놓고 볼일이다. 필요한 재료와 약품은 일본 조계租界 안의 삼정양행에 있었다. 그러나 우리 동포의 힘으로 도저히 구할 길이 없었다. 일본 상인은 총포화약류를 결코 조선인에게는 팔지 않았기 때문이다.

그래도 약산은 중국혁명당 동지에게 부탁하여 마침내 이것들을 수중에 넣을 수 있었다.

그는 동시에 단총도 열 자루를 구하였다. 그러나 뒤에 보니 모두 용수철이 나빠서 아무 짝에도 소용이 안 되는 물건들이었다.

그러한 것은 어떻든 폭탄 제조에 필요한 온갖 재료와 약품이 구비되자, 마자알은 조수 이동화를 지휘하여 우선 탄피 제작에 착수하였다.

빈번한 출입이 남의 공연한 주목을 끌까 저어하여, 매일은 들르지 않아도 약산은 혹 이틀 만에, 또는 사흘 만에 한 번씩 이 비밀한 폭탄 제조공장을 찾아왔다.

와볼 때마다 탁자 위의 탄피 수효는 자꾸 늘어갔다. 그것을 보며 마자알과 이동화 동지를 격려하는 것이 약산에게는 적지않이 즐거운 사무였다.

마자알은 성격이 심히 쾌활한 청년이었다. 약산은 그가 일을 하며 곧잘 노래를 부르는 것을 들었다. 그것은 헝가리 가요, 그의 고국의 노래다. 약산은 그렇게 들어서 그랬던지, 그의 노래가 어딘지 모르게 애조를 띠고 있는 듯싶게 느꼈다.

두어 달 지나 약산은 폭탄 제조는 그들 두 사람에게 맡겨 두고, 자기는 다시 북경으로 갔다. 동지들과 연락하고, 또 일을 의논하기 위함이다.

앞서 약산은 동지 하나를 비밀히 국내로 들여보내, 김한

金翰과 연락하였다. 수이 거사하려 하니 부디, 그곳에서 내응하여, 기어이 목적한 바를 이루게 하여 달라 한 것이다.

그 회답을 약산은 이번에 받을 수 있었다. 그는 의열단의 이번 계획을 위하여 국내에서 적극 협력할 것을 약속하였다.

김한은 당시 유명한 사회주의자로 3·1운동 직후에 신인동맹을 조직한 사람이다. 약산이 그와 서로 알기는 여러 해 전 장춘長春에서였다.

약산은 다시 그에게 5천 원(편주:현재 가치로 약 1억 6천여만원)의 자금을 보내어, 앞으로 필요한 모든 공작을 하여 달라 부탁하였다.

그는 또 김한과는 따로이 김시현金始顯과도 연락을 취하였었다. 김시현은 얼마 전 모스크바에서 열린 극동혁명대회에 비밀히 참석하고 돌아온 사람이다.

그에게서도 이번에 만족한 회답이 왔다.

모든 일이 순조로 진행된다. 약산의 마음은 기뻤다.

그러나 이번 북경 길에 있어 그의 가장 큰 기쁨은 단재

신채호申采浩 선생과의 회견이다. 단재는 세상이 다 아는 사학계의 태두로, 왜적의 통치 아래 사는 것을 떳떳지 않게 생각하여, 해외로 망명한 지사다.

서로 안 지 수일에 약산은 그의 학식과 지조를 높이 우러러, 인격적으로 가장 숭배할 수 있는 분이라 생각하였거니와, 단재 역시 이 젊은 애국자에 대하여는 아끼고 사랑하는 마음이 유달리 두터웠다.

이는 이미 오래된 일이거니와, 약산은 진작부터 의열단이 주장하는 바를 문서로 작성하여 이를 널리 천하에 공표할 뜻을 가지고 있었다.

암살과 파괴만이 능사가 아니다. 행동만이 있고, 선전이 뒤를 따르지 않을 때, 일반 민중은 행동에 나타난 폭력만을 보고, 그 폭력 속에 들어 있는 바 정신을 이해하지 못할 것이다.

부절不絕하는 폭력과 함께 또한 꾸준한 선전과 선동과 계몽이 반드시 있어야만 한다. 이것은 그가 일찍부터 속으로 느껴 오면서도 아직 하지 못한 일이다. 이제 단재와

만나 간담상조하는 자리에서 그는 문득 이 생각을 하고,

'그렇다. 이분이다! 우리는 단재 선생에게 글을 청하기로 하자!……'

하고 무릎을 쳤다.

약산은 어느날 단재를 보고 말하였다.

"저희는 지금 상해서 왜적을 무찌를 폭탄을 만들고 있습니다. 한번 같이 가셔서 구경 안하시겠습니까? 겸하여 우리 의열단의 혁명선언도 선생님이 초하여 주셨으면 좋겠습니다."

그 말에 단재는 대답하였다.

"좋은 말씀일세. 그럼 같이 가보세."

이리하여 며칠 후, 단재는 약산을 따라 상해로 향하였던 것이다.

약산이 단재와 함께 상해로 돌아온 지 한 달 뒤의 일이다. 그는 어느날 아침 서너 명의 동지와 더불어 황포탄에서 가만히 배를 내었다. 배는 조노태태의 소유 목선 사공은 신용할 만한 사람, 배에 실은 것은 마자알이 제작한 폭

탄이다. 그는 이제 멀리 바다 밖으로 나가 이 폭탄들의 성능을 시험하여 보려는 것이다.

목적하고 가는 곳은, 상해에서 상거相距(거리)가 50리가량 되는 바다 가운데 작은 섬이다. 약산은 진작부터 이 섬을 마음에 점찍어 두었었다. 사는 사람이 아주 없지는 않았으나 거의 무인도나 진배없는 곳이다. 그곳의 주민들은 더러 배를 내어 바다에서 고기나 잡고 할 뿐, 좀처럼 본토와 왕래가 없는 생활이었다.

약산은 섬에 올라 동지들과 더불어 폭탄을 시험하였다.

암살용

파괴용

방화용

실험한 결과는 모두가 지극히 만족한 것이었다. 마자알의 기술은 실로 남에게 멀리 뛰어나는 것이 있었다. 이번에 그들은 전기폭탄과 시계폭탄도 시험하여 보았다. 역시 좋은 성적이었다.

약산의 입가에는 회심의 미소가 떠올랐다.……

후일 왜적들은, 자기 수중에 들어온 이 폭탄을 실지로 시험하여 보고, 그 엄청난 위력에 새삼스러이 몸서리들을 쳤던 것이다. 이제 당시의 신문기사로 저간這間의 소식을 엿보기로 한다.

가공할 폭탄의 위력

의열단에서 사용코자 하던 폭발탄 중에 이번에 압수된 것은, 전기前記한 바와 같이 파괴용·방화용·암살용의 세 종류로 도합 36개요, 기타 권총 다섯 자루와 실탄 1백 55발과 폭탄에 장치하는 시계가 여섯 개인데, 폭발탄은 모두가 최신식으로 만든 것이다. 그 중 파괴용은, 벽돌집 벽을 뚫고 들어가서 그 속에서 폭발이 되는 동시에, 일시에 건물이 무너지는 맹렬한 힘을 가지고 있으니, 모양은 '모과수통'같은데, 속에는 '제림나이트'라는 맹렬한 폭발약을 집어넣고, 폭발하는 장치는 시계를 그 폭발탄 도화선에 연결하여, 몇 시간 후에 폭발하게 하든지 시간을 예정하여 장치하는 것이며, 방화용은 그 모양이 '대추씨'와 같은데, 그 속에는 폭발하는 힘이 가장 큰 화약이 들어 있어서, 한번 폭발하면, 강철 조각이 사방으로 흩어지고 불길이 맹렬히 일어나서 사방이 불천지가 되는 동시에 건물을 태우는 것이며, 암살용은 갸름한 병모양으로 되었는데 그 속에는 독한 황린黃燐이 들어 있어, 한번 폭발하면 강철 조각이 사방으로 흩어지는 동시에 황린 독기가 발산하여 사람이 즉사하는 것이라. 이상 세 가지 폭발탄은 최신식으로 된 것이나, 만들어 낸 곳은 아직 판명되지 않았으나, 혹은, 노국 (러시아) 방면에서 유태 사람의 손으로 된 듯도 하다 하고, 혹, 천진에서 아라사(러시아) 사람이 만든 것 같다는 말도 있더라.

대개 이상과 같거니와, 마자알이 이렇듯 강력한 폭탄을 제조하는데 성공하였을 때, 한편 단재선생이 기초중에 있던 '조선혁명선언'도 이와 전후하여 마침내 탈고되었던 것이다. 이는 선생이 약간의 위촉을 받고 이곳 상해까지 내려와 그간 1개월 넘어를 두고 심혈을 경주하여 초한 것이니, 당당 6천 4백여 자의 대문자이다.

조선혁명선언

1

강도 일본이 우리의 국호를 없이하며, 우리의 정권을 빼앗으며, 우리의 생존적 필요조건을 다 박탈하였다. 경제의 생명인 산림·천택川澤·철도·광산·어장…… 내지 소공업 원료까지 다 빼앗어 일제의 생산기능을 칼로 버이며 도끼로 끊고, 토지세·가옥세·인구세·가축세·백일세百一稅·지방세·주초세酒草稅·비료세·종자세·영업세·청결세·소득세…… 기타 각종 잡세가 축일逐日(날마다) 증가하여 혈액은 있는 대로 다 빨아가고, 여간 상업가들은 일본의 제조품을 조선인에게 매개媒介하는 중간인이 되야, 차차 자본집중의 원칙하에서 멸망할 뿐이요, 대다수 인민 곧 일반농민들은 피땀을 흘리어 토지를 갈아, 그 종년終年 소득으로 일신과 처자의 호구거리도 남기지 못하고, 우리를 잡아먹으랴는 일본 강도에게 진공進供하야(바처야), 그 살을 찌워주는 영세永世의 우마牛馬가 될 뿐이요, 내종乃終(나중)에는 그 우마의 생활도 못하게 일본 이민의(일본에서 이주해온 일본인의) 수입이 연년 고도의 속솔速率로(해마다 빠른 속도로) 증가하야 '딸깍발이(편주:일본인을 낮추어 이르는 말)' 등쌀에 우리 민족은 발디딜 땅이 없어 산으로 물로, 서간도로, 북간도로, 시베리아의 황야로 몰리어가 아귀餓鬼(배고파 굶어죽은 귀신)부터 유귀流鬼(떠돌다 죽은 귀신)가 될 뿐이며, 강도 일본이 헌병정치·경찰정치를 여행勵行(지독하게 시행함)하야, 우리 민족의 촌보의 행동도 임의로 못하고, 언론·출판·결사·집회의 일체 자유가 없어, 고통과 분한憤恨이 있으면 벙어리의 가슴이나 만질 뿐이요, 행복과 자유의 세계에는 눈뜬 소경이 되고, 자녀가 나면 '일어를 국어라 일문을 국문이라' 하는 노예양성소 학교로 보내고, 조선사람으로 혹 조선역사를 읽게 된다 하면 '단군을 무誣하야(거짓으로 말하여) 소잔명존素盞嗚尊의 형제라'하며, '삼한시대 한강 이남을 일본영지라'한 일본놈들의 적은 대로 읽게 되며, 신문이나 잡지를 본다 하면 강도정치를 찬미하는 반 일문화한 노예적 문자뿐이며, 똑똑한 자제가 난다 하면 환경의 압박에서 염세절망의 타락자가 되거나, 그렇지 않으면, 음모사건의 명칭하에 감옥에 구류되야, 주뢰周牢

(두 다리를 한데 묶고 그 가운데 두 개의 주릿대를 끼워 비틂)·가쇄枷鎖(목 과 발에 씌우는 쇠사슬)·단금질(인두로 지짐)·채찍질·전기질·바늘 로 손톱밑 발톱밑을 쑤시는, 수족을 달아매는, 콧구멍에 물붓 는, 생식기에 심지를 박는 모든 악형, 곧 야만전제국의 형률刑 律 사전에도 없는 갖은 악형을 다 당하고 죽거나 요행히 살아 서 옥문에 나온대야 종신불구의 폐질자가 될 뿐이라, 그렇지 않을지라도 발명창작의 본능은 생활의 곤란에서 단절하며, 진취활발의 기상은 경우의 압박에서 소멸되야, 찍도짹도 못 하게 각 방면의 속박, 편태鞭笞(채찍과 곤장), 구박, 압제를 받아 환해環海(이 세상) 삼천리가 일개 대감옥이 되야, 우리 민족은 아조 인류의 자각을 잃을 뿐 아니라 곧 자동적 본능까지 잃어 노예부터 기계가 되야 강도 수중의 사용품이 되고 말 뿐이며, 강도 일본이 우리의 생명을 초개로 보아, 을사 이후 13도道 의 의병 나던 각 지방에서 일본 군대의 행한 폭행도 이로 다 적을 수 없거니와, 즉 최근 3·1운동 이후 수원·선천…… 등 의 국내 각지로부터 북간도·서간도 노령 연해주 각처까지 도처에 거민을 도륙한다, 촌락을 소화燒火한다, 재산을 약탈

한다, 부녀를 오욕한다, 목을 끊는다, 산 채로 묻는다, 불에 사른다, 혹 일신을 두 동가리 세 동가리에 내여 죽인다, 아동을 악형한다, 부녀의 생식기를 파괴한다 하야, 할 수 있는 데까지 참혹한 수단을 씌어서 공포와 전율로 우리 민족을 압박하야, 인간의 산송장을 만들랴 하는도다.

이상의 사실에 거據하야, 우리는 일본 강도정치, 곧 이족異族 통치가 우리 조선민족 생존의 적임을 선언하는 동시에, 우리는 혁명수단으로 우리 생존의 적인 강도 일본을 살벌殺伐함이 곧 우리의 정당한 수단임을 선언하노라.

2

내정독립이나, 참정권이나, 자치를 운동하는 자 누구이냐?

너희들이 '동양평화', '한국독립보전' 등을 담보한 맹약이 먹도 마르지 아니하야 삼천리 강토를 집어먹던 역사를 잊었느냐? '조선인민 생명·재산·자유보호', '조선인민 행복증진' 등을 신명申明(되풀이해서 말함)한 선언이 땅에 떨어지지 아니하야, 2천만의 생명이 지옥에 빠지던 실제를 못 보나? 3·1

운동 이후에, 강도 일본이 또 우리의 독립운동을 완화시키라고, 송병준宋秉畯·민원식閔元植 등 한 두 매국노를 시키어, 이따위 광론狂論을 부름이니, 이에 부화하는 자 맹인이 아니면 어찌 간적이 아니냐?

설혹 강도 일본이 과연 관대한 도량이 있어 개연慨然(흔쾌히)히 차등의 요구를 허락한다 하자, 소위 내정독립을 찾고 각종 이권을 찾지 못하면, 조선민족은 일반의 아귀餓鬼가 될 뿐이 아니냐? 참정권을 획득한다 하자, 자국의 무산계급의 혈액까지 착취하는 자본주의 강도국의 식민지 인민이 되야, 기개幾個(한 사람 한 사람 모두) 노예대의사奴隸代議士(남의 집 노예처럼 말을 듣는 대의원)의 선출로 어찌 아사의(굶어죽는) 화를 구하겠느냐? 자치를 얻는다 하자, 그 하종何種의(어떤 종류의) 자치임을 물문勿問하고(묻지 않고), 일본이 그 강도적 침략주의의 초패招牌(간판)인 제국이란 명칭이 존재한 이상에는, 그 부속하에 있는 조선인민이 어찌 구구한 자치의 허명으로써 민족적 생존을 유지하겠느냐?

설혹 강도 일본이 돌연히 볼보살이 되야 일조에 총독부를 철폐하고, 각종 이권을 다 우리에게 환부하며, 내정외교를 다 우리의 자유에 맡기고, 일본의 군대와 경찰을 일시에 철환撤還하며, 일본의 이주민을 일시에 소환하고, 다만 허명의 종주권만 가진다 할지라도, 우리가 만일 과거의 기억이 전멸하지 아니하였다 하면, 일본을 종주국으로 봉대한다 함이 치욕이란 명사名詞를 아는 인류로는 못할지니라.

일본 강도 정치하에서 문화운동을 부르는 자 누구이냐? 문화는 산업과 문물의 발달한 총적總積을 가르치는 명사名詞니, 경제약탈의 제도하에서, 생존권이 박탈된 민족은 그 종족의 보전도 의문이거든, 하물며 문화발전의 가능이 있으랴? 쇠망한 인도족, 유태족도 문화가 있다 하지만, 1은 금전의 힘으로 그 조선祖先의(조상 대대로 이어온) 종교적 유업을 계속함이며, 1은 그 토지의 광廣과(드넓음과) 인구의 중衆으로(무리로) 상고上古(아주 먼 예로부터)의 자유발달한 여택(서로 도와 학문과 덕행을 닦는 일)을 보수保守함이니, 어데 문맹蚊蝱(모기와 등에 같은 벌레)같이 시랑豺狼(승랑이와 이리)같이 인혈을 빨다가 골수까지 깨무는 강도 일본의 입에 물린 조선 같은 데서 문화를 발전,

혹 보수한 전례가 있더냐? 검열, 압수, 모든 압박 중에 기개幾個(몇 개) 신문, 잡지를 가지고, 문화운동의 목탁으로 자명自鳴(자부함)하며 강도의 비위에 거스르지 아니할 만한 언론이나 주창하야, 이것을 문화발전의 과정으로 본다 하면, 그 문화발전이 도리어 조선의 불행인가 하노라.

이상의 이유에 거據하야, 우리는 우리의 생존의 적인 강도 일본과 타협하려는 자, 내정독립, 자치, 참정권론자나, 강도정치하에서 기생寄生하려는 주의를 가진 자(문화운동자)나 다 우리의 적임을 선언하노라.

3

강도 일본의 구축驅逐(쫓아내다)을 주장하는 가운데 또 여좌한(다음과 같은) 논자들이 있으니,

제1은 외교론이니, 이조 5백년 문약정치가 외교로써 호국護國의 장책長策(원대하고 좋은 계책)을 삼아 더욱 그 말세에 우심寓心(더욱 심함)하야 갑신* 이래 유신당, 수구당의 성쇠가 거의 외원外援(외국의 도움)의 유무에서 판결되며, 위정자의 정책은

오직 갑국을 인하야 을국을 제制(제어함)함에 불과하였고, 그 의뢰의 습성이 일반 정치사회에 전염되야, 즉 갑오갑신* 양 전역戰役에 일본이 누십만의 생명과 누억만의 재산을 희생하야 청로 양국을 물리고, 조선에 대하야 강도적 침략주의를 관철하랴 하는데, 우리 조선의 '조국을 사랑한다, 민족을 건지랴 한다'하는 이들은 일검일탄一劍一彈(칼 한자루 하나)으로 혼용탐포昏庸貪暴(어리석고 욕심 많음)한 관리나 국적國賊에게 던지지 못하고, 공함公函(공적인 편지)이나 열국 공관에 던지며, 장서長書나 일본정부에 보내야, 국세國勢의 고약孤弱(외롭고 힘이 약함)을 애소哀訴(슬프게 호소함)하야, 국가존망, 민족사활의 대문제를 외국인, 심지어 적국인의 처분으로 결정하기만 기다리었도다. 그래서 을사조약, 경술합병, 곧 조선이란 이름이 생긴 뒤 몇 천년 만의 처음 당하던 치욕에, 조선민족의 분노적 표시가 겨우 하얼빈의 총, 종현鍾峴(명동성당 앞 고갯길)의 칼, 산림유생의 의병이 되고 말았도다. 아! 과거 수십 년 역사야말로 용자勇者로 보면 타매唾罵(침뱉고 욕함)할 역사가 될 뿐이며, 인자仁者로 보면 상심할 역사가 될 뿐이다. 그리고도 국망

---

* 갑신정변甲申政變, 1884년에 김옥균, 박영효, 홍영식 등의 개화당이 독립적인 정부를 세우기 위하여 일으킨 정변
* 갑오년(1894) 청일전쟁과 갑신년(1904) 러일전쟁

이후 해외로 나아가는 모모 지사들이 사상이, 무엇보다도 먼저 외교가 그 제1장 제1조가 되며, 국내 인민의 독립운동을 선동하는 방법도 미래의 일미전쟁·일로전쟁 등 기회가 거의 천편일률의 문장이었었고, 최근 3·1운동에 이런 인사의 평화회의·국제연맹에 대한 과언의 선전이 도리어 2천만 민중의 분용奮勇(용감히 떨쳐 일어남) 전진의 의기를 타소打消(때려서 없앰)하는 매개가 될 뿐이었도다.

제2는 준비론이니, 을사조약의 당시에 열국 공관에, 비 발덧듯 하던 종이쪽으로 넘어가는 국권을 붙잡지 못하며, 정미년의 헤이그 밀사도 독립회복의 복음을 안고 오지 못하매, 이에 차차 외교에 대하야 의문이 되고, 전쟁 아니면 안 되겠다는 판단이 생기었다. 그러나 군인도 없고, 무기도 없이, 무엇으로써 전쟁하겠느냐? 산림유생들은 춘추 대의에 성패를 불계하고 의병을 모집하야 아관대의峨冠大衣(큰 갓에 소매 넓은 도포)로 지휘의 대장이 되며, 사냥 포수의 화승대를 몰아 가지고 조일전쟁의 전투선에 나섰지만, 신문쪽이나 본 이들, 곧 시세를 짐작한다는 이들은 그리할 용기가 아니 난다. 이에

'금일 금시로 곧 일본과 전쟁한다는 것은 망발이다. 총도 장만하고, 돈도 장만하고, 대포도 장만하고, 장관將官이나 사졸감까지라도 다 장만한 뒤에야 일본과 전쟁한다' 함이니, 이것이, 이른바 준비론, 곧 독립전쟁을 준비하자 함이다. 외세의 침입이 더할사록 우리의 부족한 것이 자꾸 감각感覺(인식하고 알아차림)되야, 그 준비론의 범위가 전쟁 이후까지 확장되야 교육도 진흥하야겠다. 상공업도 발전하야겠다. 기타 무엇무엇 일체가 모다 준비론의 부분이 되얏었다. 경술(1910년) 이후 각 지사들이 혹 서·북간도의 삼림을 더듬으며, 혹 시베리아의 찬바람에 배부르며, 혹 남·북경으로 돌아다니며, 혹 미주나 하와이로 들어가며, 혹 경향京鄉에 출몰하야 십여 성상星霜 내외 각지에서 목이 터질 만치 준비! 준비!를 불렀지만, 그 소득이 몇 개 불완전한 학교와 실력 없는 회會(단체)뿐이었었다. 그러나 그들의 성력誠力의 부족이 아니라 실은 그 주장의 착오이다. 강도 일본이 정치·경제 양 방면으로 구박을 주어 경제가 날로 곤란하고, 생산기관이 전부 박탈되야 의식의 방책도 단절되는 때에, 무엇으로? 어떻게? 실업을 발전하며? 교육을 확장하며? 더구나 어데서? 얼마나? 군인을 양성하며? 양성한들 일본 전투력의 100분지 1의 비교라도 되게 할 수 있느냐? 실로 일장의 잠꼬대가 될 뿐이로다.

이상의 이유에 의하야 우리는 외교, 준비 등의 미몽을 버리고 민중 직접혁명의 수단을 취함을 선언하노라.

4

조선 민족의 생존을 유지하자면 강도 일본을 구축할지며, 강도 일본을 구축하자면 오직 혁명으로써 할 뿐이니, 혁명이 아니고는 강도 일본을 구축할 방법이 없는 바이다. 그러나 우리가 혁명에 종사하랴면 어느 방면부터 착수하겠나뇨?

구시대의 혁명으로 말하면 인민은 국가의 노예가 되고, 그 이상에 인민을 지배하는 상전 곧 특수세력이 있어, 그 소위 혁명이란 것은 특수세력의 명칭을 변경함에 불과하얐다. 다시 말하자면, 곧 을의 특수세력으로 갑의 특수세력을 변경함에 불과하얐다. 그러므로 인민은 혁명에 대하야 다만 갑·을 양 세력, 곧 신·구 양 상전上典의 숙인孰仁(더 어짐), 숙포孰暴(더

거침), 숙선熟善(더 선함), 숙악熟惡(더 악함)을 보아 그 향배를 정할 뿐이요 직접의 관계가 없었다. 그리하야 '주기군이조기민誅其君而吊其民(임금을 죽이고 백성을 위로하다)'이 혁명의 유일 종지宗旨(근본되는 취지)가 되고, '단사호장이영왕사簞食壺漿以迎王師(밥 한덩이와 간장 종지를 들고 임금의 군대를 환영해 맞음)'가 혁명사의 유일 미담이 되었었거니와, 금일 혁명으로 말하면 민중이, 곧 민중 자기를 위하야 하는 혁명인 고로 민중혁명이라 직접 혁명이라 칭함이며, 민중직접의 혁명인 고로 그 비등팽창沸騰膨脹(끓어오르고 팽창하는것)의 열도가 숫자상 강약비교의 관념을 타파하며, 그 결과의 성패가 매양 전쟁학상戰爭學上의 정궤定軌에 일출逸出(벗어남)하야 무전무병無錢無兵한 민중으로 백만의 군대와 억만의 무력을 가진 제왕도 타도하며 외구外寇(외국의 침략자, 일본)도 구축하나니, 그러므로 우리 혁명의 제일보는 민중각오의 요구니라.

민중이 어떻게 각오하느뇨?

민중은 신인神人이나 성인이나 어떤 영웅호걸이 있어 민중을 각오하도록 지도하는 데서 각오하는 것도 아니요, 민중아 각오하자, 민중이여 각오하여라 그런 열규의 소리에서 각오하는 것도 아니오.

오즉 민중이 민중을 위하야 일체 불평 부자연 불합리한 민중 향상의 장애부터 먼저 타파함이 곧 민중을 각오케하는 유일 방법이니, 다시 말하자면, 곧 선각한 민중이 민중의 전체를 위하야 혁명적 선구가 됨이 민중각오의 제일로第一路니라.

일반 민중이 기飢(배고픔), 한寒(추위), 곤困(피곤), 고苦(고통), 처호妻呼(아내의 울부짖음), 아제兒啼(아이의 울음), 세납의 독봉督棒(독촉), 사채의 최촉催促(재촉), 행동의 부자유 모든 압박에 졸리어 살랴니 살 수 없고, 죽으랴 하야도 죽을 바를 모르는 판에, 만일 그 압박의 주인主因(주요한 원인) 되는 강도정치의 시설자인 강도들을 격폐擊斃(때려 죽임)하고, 강도의 일체 시설을 파괴하고, 복음이 사해四海에 전하며 만중萬衆이 동정의 눈물을 부리어, 이에 인인人人이(사람들이) 그 아사 이외에 오히려 혁명이란 일로가 남아 있음을 깨달아, 용자勇者는 그 의분에 못 이기어, 약자는 그 고통에 못 견디어, 모다 이 길로 모아들어 계속적으로 진행하며, 보편적으로 전염하야 거국일치의 대

혁명이 되면, 간활잔포奸猾殘暴(간사·교활·잔악·포악)한 강도 일본이 필경 구축되는 날이라, 그러므로 우리의 민중을 환성喚醒(깨우침)하야 강도의 통치를 타도하고 우리 민족의 신생명을 개척하자면, 양병 십만이 일척—擲의 작탄炸彈만 못하며 억천장 신문잡지가 일회 폭동만 못할지니라.

민중의 폭력적 혁명이 발생치 아니하면 이已(그만둠)어니와, 이미 발생한 이상에는, 마치 현애懸崖(까마득한 낭떨어지)에서 굴리는 돌과 같아야 목적지에 도달하지 아니하면 정지하지 않는 것이라, 우리 기왕의 경과로 말하면 갑신정변은, 특수세력이 특수세력과 싸우던 궁중宮中 일시의 활극이 될 뿐이며, 경술 전후의 의병들은 충군 애국의 대의로 격기激起한 독서계급의 사상이며, 안중근, 이재명 등 열사의 폭력적 행동이 열렬하얏지만 그 후면에 민중적 역량의 기초가 없었으며, 3·1운동의 만세 소리에 민중적 일치의 의기가 별현瞥現(일시에 나타남)하였지만 또한 폭력적 중심을 가지지 못하였도다. 민중, 폭력 양자의 기일其—만 빠지면, 비록 굉열장쾌한 거동이라도 또한 뇌전같이 수속收束(번개같이 수그러짐)하는도다.

조선 안에 강도 일본의 제조한 혁명 원인이 산같이 쌓이었다. 언제든지 민중의 폭력적 혁명이 개시되야, '독립을 못하면 살지 않으리라', '일본을 구축하지 못하면 물러서지 않으리라'는 구호를 가지고 계속 전진하면 목적을 관철하고야 말지니, 이는 경찰의 칼이나 군대의 총이나 간활한 정치가의 수단으로도 막지 못하리라.

혁명의 기록은 자연히 참절장절惨絶壯絶한(처절하고 아주 장한) 기록이 되리라. 그러나 물러서면 그 후면에는 흑암한(어두운) 함정이요, 나아가면 그 전면에는 광명한 활로니, 우리 조선 민족은 그 참절장절한 기록을 그리면서 나아갈 뿐이니라.

이제 폭력적 암살, 파괴, 폭동의 목적물을 대략 열거하건대,

1. 조선총독 급(및) 각 관공리

2. 일본천황 급 각 관공리

3. 정탐노, 매국적

4. 적의 일체 시설물

이외의 각 지방의 신사나 부호가 비록 현저히 혁명적 운동을 방해한 죄가 없을지라도, 만일 언어 혹 행동으로 우리의 운

동을 완화하고 중상하는 자는, 우리의 폭력으로써 대부對付
(대응)할지니라. 일본인 이주민은 일본 강도정치의 기계가 되
야 조선민족의 생존을 위협하는, 선봉이 되야 있은 즉, 또한
우리의 폭력으로 구축할지니라.

5

혁명의 길은 파괴부터 개척할 지니라. 그러나 파괴만 하라고
파괴하는 것이 아니라 건설하랴고 파괴하는 것이니, 만일 건
설할 줄을 모르면 파괴할 줄도 모를지며, 파괴할 줄을 모르
면 건설할 줄도 모를 지니라, 건설과 파괴가 다만 형식상에
서 보아 구별될 뿐이요, 정신상에서는 파괴가 곧 건설이니,
이를테면 우리가 일본세력을 파괴하랴는 것이,

제1은 이족異族 통치를 파괴하자 함이다. 왜? 조선이란 그 위
에 일본이란 이족 그것이 전제하야 있으니, 이족 전제의 밑
에 있는 조선은 고유적 조선이 아니니, 고유적 조선을 발견
하기 위하야 이족 통치를 파괴함이니라.

제2는 특권계급을 파괴하자 함이다. 왜? 조선 민중이란 그

위에 총독이니 무엇이니 하는 강도단의 특권계급이 압박하야 있으니, 특권계급의 압박 밑에 있는 조선 민중은 자유적 조선 민중이 아니니, 자유적 조선 민중을 발견하기 위하야 특권계급을 타파함이니라.

제3은 경제약탈 제도를 파괴하자 함이다. 왜? 약탈제도 밑에 있는 경제는 민중 자기가 생활하기 위하야 조직한 경제가 아니요 곧 민중을 잡아먹으려는 강도의 살을 찌우기 위하야 조직한 경제니, 민중생활을 발전하기 위하야 경제 약탈 제도를 파괴함이니라.

제4는 사회적 불평균을 파괴하자 함이다. 왜? 약자 이상에 강자가 있고 천자 이상에 귀자가 있어, 모든 불평균을 가진 사회는 서로 약탈, 서로 박삭剝削(깎아버림), 서로 질투, 구시仇視(원수처럼 여김)하는 사회가 되야, 처음에는 소수의 행복을 위하야 다수의 민중을 잔해殘害(가혹하게 굴다)하다가, 말경에는 또 소수끼리 서로 잔해하야 민중 전체의 행복이 필경 숫자상의 공空이 되고 말 뿐이니, 민중 전체의 행복을 증진하기 위하야 사회적 불평균을 파괴함이니라.

제5는 노예적 문화사상을 파괴하자 함이다. 왜? 유래하던 문화사상의 종교, 윤리, 문학, 미술, 풍속, 습관 그 어느 무엇이 강자가 제조하야 강자를 옹호하던 것이 아니더냐? 강자의 오락에 공급하던 제구諸具가 아니더냐? 일반 민중을 노예화하던 마취제가 아니더냐? 소수 계급은 강자가 되고 다수 민중은 도리어 약자가 되야, 불의의 압제를 반항치 못함은 전혀 노예적 문화사상의 속박을 받은 까닭이니, 만일 민중적 문화를 제창하야 그 속박의 철쇄를 끊지 아니하면, 일반민중은 권리사상이 박약하며 자유향상의 흥미가 결핍하야, 노예의 운명 속에서 윤회할 뿐이라. 그러므로 민중문화를 제창하기 위하야 노예적 문화사상을 파괴함이니라. 다시 말하자면 '고유적 조선의', '자유적 조선 민중의', '민중적 경제의', '민중적 사회의', '민중적 문화의' 조선을 건설하기 위하야 '이족통치의', '약탈제도의', '사회적 불평균의', '노예적 문화사상의' 현상을 타파함이니라. 그런 즉 파괴적 정신이 곧 건설적 주장이라, 나아가면 파괴의 칼이 되고 들어오면 전설의 기旗가 될지니, 파괴할 기백은 없고 건설할 치상癡想(어리석은 생각)만 있다하면, 5백년을 경과하여도 혁명의 꿈도 꾸어보지 못할지니라. 이제 파괴와 건설이 하나요 둘이 아닌 줄 알진 대, 민중적 파괴 앞에는 반드시 민중적 건설이 있는 줄 알진 대, 현재 조선 민중은 오즉 민중적 폭력으로 신新 조선 건설 의 장애인 강도 일본 세력을 파괴할 것 뿐인 줄을 알진대, 조 선 민중이 한 편이 되고 일본 강도가 한 편이 되야, 네가 망하 지 아니하면 내가 망하게 된 외나무 다리에 선 줄을 알진대, 우리 2천만 민중은 일치로 폭력 파괴의 길로 나아갈지니라.

민중은 우리 혁명의 대본영이다.

폭력은 우리 혁명의 유일 무기이다.

우리는 민중 속에 가서 민중과 휴수携手(손을 잡음)하야, 부절 하는 폭력·암살, 파괴, 폭동으로써, 강도 일본의 통치를 타 도하고, 우리 생활에 불합리한 일체 제도를 개조하여, 인류 로서 인류를 압박치 못하며, 사회로서 사회를 박삭치 못하는 이상적 조선을 건설할지니라.

4256년 1월 일
의열단

단재 선생의 이 노작勞作은 약산과 여러 동지들을 감격시켰다. 그들은 이 '혁명선언'에 크게 만족하였다.

이는 실로 그들이 하고 싶었던 말을, 그들의 주의를, 그들의 주장을 남김없이 설파한 것이다. 이것을 국내 국외에 널리 선포할 때 왜적은 전율하며 공포하고, 민중은 각성하며 분기할 것이다.

약산은 곧 연줄을 얻어 한 인쇄소에 이 선언을 부탁하였다. 그리고 이와는 따로이 '조선총독부 관공리에게'라는 문서를 작성하여 또한 함께 인쇄에 부쳤다.

이리하여 모든 준비가 되었다.

이제는 그것들을 폭탄과 단총과 문서를 비밀히 또 완전히 국내로 수송하여야 한다.

그것은 물론 쉬운 일이 아니다. 우선 안동현까지 갖다 놓는 데도 육로를 취하거나, 선편을 이용하거나, 세관검사가 심히 까다로웠다.

그러나 다행히 약산에게는 좋은 방도가 있었다. 그는 안동현에 있는 저명한 무역상 이륭양행 주인 쇼우를 잘 알고 있었다.

약산이 그를 처음으로 알기는, 1918년 9월, 동지 이여성과 함께 안동현에 이르러, 그곳에서 천진으로 향하려 이륭양행怡隆洋行*의 배편을 이용하였을 때다.

쇼우는 아일랜드 사람이다. 그 역亦(또한) 피압박 민족의 한 사람이었으므로, 쇼우는 조선혁명가에 대하여 매양 뜨거운 동정을 아끼지 않았던 것이다.

사실 이번 일에 있어 약산은 쇼우의 덕을 단단히 보았다. 곧 그는 이륭양행의 배가 상해에 왔다 다시 안동현으로 돌아가는 편에, 대부분의 폭탄과 단총과 또 문서들을 부탁하였던 것이다.

이제는 그것들을 정작 국내로 들여가는 일이 남아 있다. 이에 대하여 약산이 좋은 계책을 생각하고 있을 때, 국내에 있는 동지로부터 뜻밖의 기별을 받았다. 최근 서울서 일어난 모 사건의 연루로 김한이 경찰에 검거 당하였다는 보도였다.

일찍부터 그에게는 이번 계획을 위하여 적극적인 협력

---

* 이륭양행: 조지 루이스 쇼가 1919년 5월 중국 단둥에 설립한 무역선박 회사. 비밀리에 대한민국 임시정부 교통국의 역할을 수행하였다.

을 구하고, 또 모든 공작을 부탁하여 오던 터에 이 보도는 실로 뜻밖의 낭패다.

약산이 한창 동지들로 더불어 선후책을 강구하느라 바쁠 때, 이번에는 또 김시현으로부터 연락이 있었다. 앞서도 잠깐 말한 바와 같이 약산은 이 동지에게도 국내에서의 공작을 부탁하여 두었었다.

다행히도 그에게서 온 것은 좋은 소식이었다. 이번 일을 위하여 다시없이 좋은 협조자를 하나 얻었다는 것이다. 그는 다른 사람이 아니라, 곧 황옥黃鈺*이라는 현직 경부警部였다. 그러나 몸은 비록 경기도경찰부라는 기관 속에서 왜적의 주구走狗(주인을 잘 따라다니는 개) 노릇을 하여야 하는 경리警吏의 직함을 띠고는 있어도, 위인은 극히 강개 과단하고 아울러 담략이 있는 사람이라 한다. 김시현과는 또 막역한 사이였다.

이제 피차의 기밀을 이미 통하여 이번 일에 한 팔의 힘을 빌게 되었으니, 이 사람이 가는 때에는 부디 동지로서

---

* 황옥黃鈺(1887년~?): 경기도 경찰부 경부. 상하이에서 의열단에 가입. '제2차 파괴암살계획'을 실행하기 위하여 국내로 직접 폭탄과 무기를 국내로 반입했지만 동료의 배신으로 체포되었다. 일제의 밀정이었는지 독립투사였는지는 명확하게 밝혀지지 않았다.

대하라는 것이다.

그러자 얼마 지나지 않아 황옥이 천진에 이르렀다는 정보가 들어왔다. 그리고 이 정보와 거의 때를 함께하여 동지 유석현劉錫鉉*에게서 연락이 있었다. 곧 천진으로 와서 황옥과 한번 만나라는 것이다.

황옥이 이번에 천진까지 나온 명목은, 의열단의 동정을 살피고 단장 김원봉의 종적을 수탐하여, 기틀만 있다면 그를 검거하여 보겠다는 것이었다. 그러나 실상은 약산과 만나서 일을 의논하기 위함이라 한다. 유석현은 실로 황옥의 수하 밀정처럼 차리고, 서울서부터 천진까지 따라온 것이다.

"오사吾事는 성의成矣라.……"(우리 사업이 잘 될 것이다.)

약산은 만족한 웃음을 띠었다.

'곧 천진으로 가서 황옥이를 만나자. 그리고 이 현직 경부의 손을 빌어, 폭탄과 혁명선언을 국내로 들여보내자.……'

그는 속으로 이렇게 생각하고, 전일에 선편을 이용하여

---

* 유석현劉錫鉉(1900~1987): 충청북도 충주 출신. 1920년 7월 중국 톈진[天津]에서 의열단(義烈團)에 입단. 1923년 총독부와 동양척식회사를 파괴하고 왜적을 척살하려다 동지의 밀고로 실패. 8년을 선고받고 옥고를 치뤘다. 광복 후 광복회 고문, 광복회장을 역임.

안동현으로 보내고, 남은 폭약과 문서를 몇 개 트렁크 속에 감추어 들고 상해를 떠났다.

물론 그렇듯 위험하고 불온한 짐을 들고 상해와 천진 두 곳의 엄중한 검찰을 무사히 통과할 수는 없는 일이다. 그는 이번에는 마자알을 내세우기로 하였다.

호화로웁게 치장을 하고 난 마자알은, 한가로이 유산遊山을 나선 부호가 청년 자제가 완연하였다. 그에게 수많은 짐이 딸리고 동행이 여럿이라도 그것은 조금도 괴이한 일이 아닐 것이다. 마자알 일행은 유연히 일등차에 자리들을 잡고 앉아 천진으로 향하였다.

이들 일행 가운데는 약산과 몇몇 동지 외에 조노태태와 현계옥 등 여인들도 끼어 있었다. 은연중에 가족적인 분위기를 빚어내어 보자는 것이다.

상해를 떠날 때는 아무 일 없었다. 그러나 천진서는 잠깐 곡절이 있었다. 마자알이 들고 나서는 트렁크에는 말이 없었으나, 뒤를 따르는 일행들의 짐은 기어이 한번 살피어보겠다는 것이다.

마자알은 앞을 서서 나가다 말고 돌쳐서서,

"당치않은 말하지 마오. 그들은 모다 내 일행이고 그들이 가진 짐은 다 내 소유요."

한 말로 물리치고 동행들을 재촉하여 역 밖으로 나가버렸다. 중국 관원들은 감히 이를 막지 못하였다. 그들은 외국인에 대하여 치외법권의 약점을 가졌기 때문이다.

천진에 도착한 뒤 수일 지나 약산은 유석현의 안내로 황옥을 만나보려 하였다. 그러나 동지들 대다수의 의견은 이 일을 반대하였다.

김시현金始顯* 동지에게서 미리 연락이 있기는 하였다. 윤석현 동지는 현재 그와 행동을 같이하고 있다. 그러나 그러함에도 불구하고 황옥은 역시 왜적 통치하의 현직 경부인 것이다. 혁명투사를 검거투옥하는 것이 그의 직책이요, 애국운동을 하는 것은 그의 임무가 아니다.

비록 두 동지가 보장은 하고 있다 하나, 그렇다 하여 곧

---

* 김시현金始顯(1883~1966): 3·1운동 의열단에 입단. 1923년 일제 식민통치기관의 파괴, 황옥 등과 함께 일제요인의 암살 등을 계획하고 거사하려다가 실패하고 옥살이를 했다. 이후 해방전 까지 투옥을 밥 먹듯이 가열찬 독립투사의 길을 걸었다.

그와 만나는 것은 아무래도 경솔한 일이 아닐 수 없다. 더구나 황옥은 약산더러 현재 자기가 묵고 있는 일본 조계 화원가 태양관으로 오라는 것이다.

동지들은 그와 만나려 하는 약산의 뜻이 의외에도 굳은 것을 알자 그럼 만나기는 만나더라도 법조계(프랑스 조계) 안에서 하라고 권하였다. 제게 만약 딴 뜻이 없다면 그는 우리가 지정한 시일에 지정한 장소로 올 것이라는 의견이었다.

약산은 그들의 말을 좇았다. 황옥으로부터는 즉시 응락하는 뜻의 회답이 왔다.

동지들은 그래도 약산이 그와 만나는 데는 난색을 보였다. 설혹 장소는 법조계 안이라 하나 그에게 또 무슨 음모가 있을지 알겠느냐는 것이다. 당시 왜적들이 얼마나 의열단을 두려워하고 약산을 미워하였던가를 생각하면, 동지들의 염려하는 바도 단순한 기우는 아니라 할 수 있었다.

그러나 약산은 동지들을 향하여 말하였다.

"김시현 동지 말에 황옥은 위인이 강개, 과단하고 담략이 있다 하였소. 내 들으니, 담략이 있는 자는 남의 아래

들지 아니하고, 과단한 자는 남을 음해하지 아니하고, 또 강개한 자는 벗을 팔지 아니한다 하오. 내 이제 가서 만나고, 내일 아침에 정녕 돌아올 것이니 두고 보오."

말을 마치자 그는 즉시 차를 몰아 약속한 장소로 향하였다.

황옥과 회견하고 돌아온 약산은 누구의 눈에도 심기가 좋아 보였다. 그의 첫 인상이 만족한 것이었던 모양이다.

그로써 그들은 자주 만났다. 이번 길에 황옥은 개성경찰서의 경부보 교본橋本(하시모토)이라 하는 자를 대동하고 왔거니와, 이 자를 따돌리고 각처로 자리를 옮겨가며 두 사람은 은밀히 일을 의논하였다. 약산도 술을 잘하였지만, 황옥은 실로 주호酒豪라 할 사람이다. 만나면 으레 밤이 깊도록 술들을 마셨다.

어느날 황옥은 경기도경찰부로부터 자기에게 온 밀전密電을 약산에게 보여 주고 같이 크게 웃었다. 그 전보는

"의열단장 김원봉이 상해를 떠나 북쪽으로 간 듯하다

는 정보가 있으니, 그곳에서 더욱 정세精細히 종적을 알아
보라."

하는 것이었다.

그 뒤 황옥은 의열단에 대한 정보를 수집한다 하고 몇
번 천진 북경 간을 왕복하다가

"얻어 가지고 온 수유受由(기간, 말미)는 이미 다 하였건만
약산의 종적은 끝끝내 알 길이 없으므로 돌아가노라."

하는 전보를 서울로 친 다음 교본(하시모토)이만 뒤에 남겨
두고 마침내 천진을 떠났다.

그가 떠나기 전날 약산은 그에게 간곡히 당부하는 바가
있었다.

"……우리의 혁명운동은 이번 한 번으로 그치는 게 아
니요. 우리의 이상하는 바가 실현되기까지는 끊임없는 투
쟁이 있어야 하오. 우리 대에서 못 이루면 자식 대에서,
자식 대에서 못 이루면 손자 대에까지라도 가지고 가야할
우리 운동이오. 이번의 우리 계획이 불행히 패를 보는 일
이 있다 하더라도 황공은 결코 우리가 이번에 취한 수단

방법에 관하여는 일체 발설을 마오. 한번 드러나고 보면 같은 방책을 두 번 쓸 수 없는 일 아니겠소?"

황옥은 어떠한 경우에도 비밀은 엄수할 것을 약속하였다. 그러나 그 당시는 그 말에 대하여 별로이 큰 관심은 갖지 않았었다.

경부 황옥과 그 수하밀정으로 차린 유석현과 박기홍朴基弘 세 사람은 올 때에 비하여 갑절되는 짐을 가지고 천진을 떠났다. 그러나 안동현에 이르러서는 다시 그보다도 많은 짐을 국내로 날라야만 하는 것이다.

.

이보다 앞서 의열단원 최용득崔容得은 중국 노동자로 변장하고 안동현(편주:지금의 단둥) 큰 길거리에서 연일 담배를 팔며, 약산으로부터 연락이 오기만 고대하고 있었다.

그러자 어느날 동지 유석현이 와서 약산의 밀명을 전한다. 곧 이륭양행에 맡긴 짐을 찾아서 황옥에게 내어주라는 것이다.

밤이 깊기를 기다려 최용득은 황옥과 함께 가만히 쇼우

를 찾아갔다.

그에게서 이야기를 듣고난 쇼우는 한동안 황옥의 얼굴을 날카롭게 쏘아보다가 최용득에게로 고개를 돌리었다.

"미스터 최. 이 사람을 믿어도 좋소?"

최용득이 대답한다.

"믿어도 좋을 줄로 아오. 약산이 염려말고 내어주라 하였소."

쇼우는 잠깐 눈을 감고 생각에 잠기는 듯하다가 문득 눈을 번쩍 뜨며,

"갑시다."

하고 자리에서 일어섰다.

창고는 지하 층계를 내려가 저편 구석에 있었다.

어둡고 긴 복도였다. 그 복도 위를 쇼우가 한 손에 회중전등을 들고 앞을 섰다. 황옥과 최용득이 그 뒤를 따른다.

그러나 미처 창고 앞에 이르기 전에 쇼우는 문득 걸음을 멈추며 회중전등과 함께 홱! 이편으로 몸을 돌아섰다. 그리고 눈은 황옥을 노려보고 말은 최용득을 향하여,

"정말 이 사람을 믿어도 좋소?"

예까지 이르러 쇼우가 다시 한 번 다지는 말에 그는 얼른 대답이 안 나왔다.

"이 사람은 과연 믿을 만한 사람이오? 미스터 최는 이 사람을 잘 아시오?"

"나는 잘 모르오. 이번에 처음 알았오. 그러나 미스터 김이 그것을 이 사람에게 내어주라 하였오."

"미스터 김이?"

"미스터 김이 그러니까 우리는 그대로 믿어도 좋을 줄 아오."

"미스터 김이 그러니까……"

쇼우는 또 한번 뇌어 보며 눈은 그래도 미심한 듯 현직 경부의 얼굴에서 떠나지 않는다.

황옥은 중어를 모른다. 그러나 쇼우가 종시 자기에게 의심을 품고 그러는 것임은 눈치채었다.

깊은 밤의 지하복도, 앞에는 쇼우가 막아섰고 뒤에는 의열단원이다. 만약 그들이 끝끝내 자기를 믿지 못할 경우에 생각이 미쳤을 때 황옥은 저 모르게 몸서리를 쳤다.

'약산이 그예 나를 예서 죽이는고나!⋯⋯'

그는 속으로 그러한 생각까지 하였다. 잠깐 숨찬 침묵이 있은 뒤 쇼우는

"나는 모르겠오. 하지만 아무리 생각하여도 나는 당신들이 일들을 잘못하는 것만 같소."

가만한 한숨을 토하고, 그제야 열쇠 꾸러미를 꺼내 들며 쇼우는 창고 문 앞으로 다가간다. 황옥은 저 모르게 안도의 한숨을 내쉬었다.

그로써 수일 지나 황옥은 마침내 이 위험하기 짝없는 짐들을 국내로 날라 들이는 데 성공하였다.

신의주까지 나와 대기하고 있던 김시현이 이것들을 받아 그중의 폭탄 여덟 개와 문서 6백여 매는 그곳에 두어 두고 나머지는 이를 모두 서울까지 운반하여다 동지의 집에 감추어 두었다.

동지들 사이에 연일 비밀하고도 활발한 연락이 취하여

졌다. 모든 계획이 날로 익어간다.

이제야 말로 며칠 안 있어 서울을 중심으로 각지에 일대폭동이 일어날 것을 기약하게 되었다.

그러나 같은 동지라 믿었던 자 가운데 왜적의 밀정이 끼어 있었을 줄을 그들은 몰랐었다.

저의 본색을 감추고 이번 일에 참여하였던 김모라 하는 자의 밀고로, 이 가장 규모가 컸던 제2차 암살파괴계획도 마침내 사전에 발각되었다.

주요한 동지들은 모조리 왜적의 손에 검거 당하고 폭탄과 단총과 문서들은 그 대부분이 압수되었다.

압수한 폭탄을 실지로 시험하여 보고 왜적들이 그 엄청난 위력에 새삼스러이 놀랐다 함은 이미 앞서 말한 바와 같다. 그러나 그들이 좀 더 놀라고 좀더 어이없었던 것은 이번 사건에 황옥이 현직 경부로서 관련을 가졌다는 사실을 알았을 때다.

놀란 것은 단지 왜적들뿐이 아니다. 총독 통치하의 충실한 탐정인 줄만 알았던 황옥이 실은 숨은 지사요, 혁명운동의 열렬한 지사로만 믿었던 김모가 뜻밖에 가증한 밀정이었다는 사실이 천하에 공표되었을 때 민중들이 받은 충격은 매우 큰 것이 있었다.

그러나 황옥은 경찰에서도, 또 법정에서도 끝까지 사실을 부인하였다.

자기는 어디까지나 의열단의 이번 음모를 미연에 분쇄하고 폭도들을 사전에 검거하려 하였던 것이지 결코 그들 도당에 가담한 것이 아니라고 자못 강경히 주장하였다.

당시 황옥을 두고 공론은 대개 셋으로 나뉘었다.

하나는, 비록 경찰과 법정에서 당자가 그렇듯 주장은 하나 실상은 의열단과 기맥을 통하여 이번 계획에 적극 참여하려 하였던 것이 분명하니 역시 그는 지사가 틀림없다고 칭양稱揚(좋고 훌륭한 점을 들어 추어주거나 높이 평가함)하는 자요.

하나는 그는 그렇지 않다. 황옥은 제가 주장하는 바와 같이 지사를 가장하고 의열단원들과 추축追逐(쫓아 따라다님)하여 그들의 모든 계획을 탐지한 다음에 그들을 일망타진하려 하였던 것이 적실하다. 그래 가지고 바로 요공要功(공로를 차지함)하려던 것이, 다만 경찰당국의 사전양해를 구하여 두지 않았기 때문에 이리된 것이니, 그는 가장 음험하고 간활한 경견警犬(경찰견)이라 타매하는 자요,

또 하나는, 누가 대체 까마귀의 자웅을 알겠느냐? 그는 간활한 경견일지도 모르는 일이요, 또는 뜻밖에 지사일지도 알 수 없는 노릇이다. 그러나 그가 설혹 정말 지사였다 하더라도 이제 와서 그렇듯 아니라 앙탈하는 것은 크나큰 추태라 아니할 수 없으니 이러나저러나 그는 장부는 아니다. 정녕코 비루한 인물이 틀리지 않다고 냉소하는 자다.

처음에 황옥은 자기가 사실을 부인할 때 대개 세평이 어떠할 것을 짐작하고 있었다. 사람들은 응당 자기를 추하다 냉소하고, 간활하다(간사하고 교활하다) 타매할(침을 뱉고 욕을 함) 것이었다.

그는 마음에 심히 괴로웠다. 어차피 형을 면하지 못할 바에는 떳떳이 사실을 시인하고 자기도 조선남아의 한사람이 되고 싶었다.

그러나 그는 천진서 떠나오던 전날 밤에 약산이 자기에

게 당부하던 말을 생각하였다.

"……우리의 혁명운동은 이번 한번으로 그치는 게 아니오…… 이번의 우리 계획이 불행히 패를 보는 일이 있다 하더라도 황공은 결코 우리가 이번에 취한 수단·방법에 관하여는 일체 발설을 마오. 한번 드러나고 보면 같은 방책을 두 번 쓸 수는 없는 일 아니겠소?"

그때는 그저 무심히 들었던 그 말이 이제 이르러 보니 절절히 옳은 것을 알겠다. 자기만 입을 봉하여 말이 없고 보면 왜적에게 알려지지 않을 일이 실로 한두 가지가 아닌 것이다.

폭탄과 무기와 문서가 국내로 들어오게 된 경로 같은 것도 그 하나다. 외국인 쇼우가 이번 일에 관련을 가졌다는 사실도 그 하나다. 자기가 한때 수치를 참지 못하여, 이번 계획에 참여한 사실을 시인할 때 왜적은 반드시 끝까지 추구追究하고야 말 것이다. 자기는 이번 일에 관여하였다 말한 이상 도저히 "나는 모르오", "나는 알지 못하는 일이오" 하고 모르쇠로만 내뻗을 수 없는 일이다. 그리되면 모든 비밀은 마침내 탄로되고 엄청난 수효의 희생자가 나고 말 것이었다.

원체 이번 일은 규모가 컸던지라, 제가 인식하고 안하고를 막론하고, 이번 계획에 다소라도 관련을 가진 사람은 실로 수백으로 헤일 수 있었다.

'안 된다. 나만 한때 부끄럼을 참으면 좋을 일이 얼마든지 있다. 그렇다! 나는 어데까지든 의열단을 잡을 생각이었다 주장하자!……'

이리하여 그는 마침내 세인의 비난과 조소를 한몸에 뒤어쓰고 또 고역은 고역대로 치르는 운명을 달게 받았던 것이다.……

사건이 발각되어 많은 동지가 왜적의 손에 검거 당한 것은 1923년 3월 15일의 일이거니와, 총독부 경무국에서 이 사건의 진상 발표가 있기는 그로써 만 1년과 또 한 달이 지난 이듬해 4월 20일이다.

당시 각 신문이 호외를 발행하고, 또 그 뒤로 연달아 매일같이 이 사건을 대대적으로 보도하였던 것은 이제 새삼스러이 말할 나위가 없는 일이다.

이제 잠깐 당시 기사의 주요한 표제만 골라 보기로 하면

'적화의 봉화, 독립의 맹염

=의열단사건 내용 발표=

검거된 관계자가 양처에서 18명

폭탄 3종 36개 권총 5정 등 압수'

'혁명적 독립운동의 유래

5년간 계획한 의열단의 혁명적 계획

과거의 폭탄사건은 모다 이 단의 관계'

'외무는 김원봉이 담당

실행은 김시현의 책임'

'폭탄수송의 경로

김시현이가 천진까지 가서

홍종우洪鍾祐 등을 지휘하여 수송'

'가공할 폭탄의 위력

파괴용, 암살용, 방화용 세 가지

모다 극히 세력이 위대하다고'

'소위 유지有志의 밀고

유석현 등 피착被捉(적에게 붙잡힘)'

'경부 황옥의 관계는

이 사건 중 가장 의심할 점'

'폭력의 무기로써

'강도 일본'의 세력을 파괴 후

'이상적 조선'을 건설하자고.'

대개 이러하거니와, 왜적은 이 사건을 어떻게 보았던가?
동년 4월 13일 일본 대판大阪(오사카) 매일신문에는 아래
와 같은 기사가 실려 있다.

(전략)

'조선혁명선언'이라고 제題한 인쇄물에는

1. 조선총독을 위시하여, 재조선 일본관공리를 암살할 것

2. ○○○○○○○ 일본의 대관, 공리를 암살할 것

3. 일본의 제시설을 파괴할 것

4. 독립혁명을 방해하는 재조선 일본인을 암살할 것

등을 들고, 목하, 조선인 참정권운동 등을 기도하는 자가 있으나, 그런 것으로는 조선에서 일본의 세력을 구축할 수는 없다는 의미를, 매우 훌륭한 문장으로 썼다. 금회의 의열단의 계획은, 경성, 평양, 인천, 대구, 부산 등 대도시에 단원을 잠입시켜서 일제이 폭탄을 투척하여 민심에 대동요를 일으키랴고 함이라더라.……

그리고 같은 날 같은 지면에 조선총독부 환산丸山(마루야마) 경무국장의 다음 같은 담화 발표가 있었다.

과거에, 조선에 관한 흉악한 음모로써, 이미, 폭로된 것은, 모두 의열단의 소위라고 할만치 광폭한 암살단으로, 경남 밀양출신의 김원봉이라는 청년을 단장으로 하고 있다. 이 김은, 별로이 김약산이라는 이명異名을 가진 강한強漢으로, 동단이 조직된 것은 대정9년(1920)이다. 그 후, 동인同人(같은 사람)은 상해, 북경, 천진을 구치하면서, 항상 음모를 기획하고 있어서, 당국에서도 그를 체포하기 위하여, 여러 가지로 고심을 하고 있다. 단원은, 목하, 정확한 수는 알기 어려우나, 2·3십 명 되는 듯하다. 그러나, 이것은 진정한 의열단이라고 하는 것이요, 이 단원 1명이 각각 자기의 임무를 달하는 방편으로, 모다 다른 명의의 단체를 조직하여, 2·3백 명의 단원을 옹擁하고(가지고) 있은 즉, 그 총수는 막대하다고 하겠다. 단원 상호간의 연락에 대하여는, 조직의 묘를 극極하여(엄하게 하여), 단원 각자도 그 영도자들을 제하고는, 자기가 의열단원인지 아닌지도 모를 만하게 일체가 비밀히 조직되어, 당국에서도 1·2의 단원을 체포하였지마는, 해단該團(의열단)의 진상은, 제종諸種의 정보에 의하여 지知(알다)하는 외에는 조금도 알 도리가 없다. (운운)

이 사건은 일년 넘어를 두고 경찰의 준렬한 취조가 있은 다음 1924년 4월 16일에 비로소 예심에 회부되었다.

6월 12일에 예심 종결, 그리고 8월 10일에 경성지방법원에서 이틀에 걸쳐 공판이 있은 다음 그달 22일에 마침내, 다음과 같이 형기가 결정되었다.

김시현金始顯, 42　　12년　경북 안동군 풍북면 현애리

황옥黃鈺, 38　　　12년　경성부 삼각정 42

유석현劉錫鉉, 24　　10년　충북 충주군 충주면 교현리

홍종우洪鍾祐, 31　　8년　　함남 원산부 북촌동 25

박기홍朴基弘, 22　　7년　　경북 달성군 하서면 신동

백영무白英武, 31　　6년　　평북 신의주 매기정 18

조황趙晃, 42　　　5년　　충남 논산군 부적면 감속리

남영득南寧得, 27　　5년　　경기부 봉익동 88

유시태柳時泰, 33　　5년　　경북 안동군 풍남면 하서리

유병하柳秉夏, 27　　3년　　경북 안동군 풍남면 하서리

조동근趙東根, 28　　3년　　평북 용산군 양평면 길창동

이경희李慶熙, 44　　1년 6개월　경북 달성군 용북면 사변리

제10

동경 2중교 폭탄사건

1924년 1월 5일, 제2차 대암살파괴계획이 무참히도 실패로 돌아가고, 많은 동지들이 왜적의 손에 검거되어 한창 경찰에서 단련을 받고 있을 무렵에 의열단은 다시 한 개의 큰 사건을 일으켰다. 곧 단원 김지섭金祉燮*이 멀리 일본 동경까지 가서 궁성 밖 2중교二重橋에다 폭탄을 던졌던 것이다.

1923년 9월 1일은 우리 민족이 영원히 잊지 못할 날

---

* 김지섭金祉燮(1884~1928): 호는 추강(秋岡). 의열단원. 관동대지진으로 수천 명의 한인 교포들이 학살당하자 그에 대한 보복으로 일본 제국의회에 폭탄테러를 계획했으나 실패하자 일본 황성 니주바시[二重橋] 한복판 폭탄을 투척. 일본 형무소에서 옥사.

중의 하나다. 이날 일본 관동지방에는 전고에 다시 없는 대지진이 일어났고 이 재변 통에 그곳에 거류하던 수많은 동포가 왜적의 손에 무참한 죽음을 이루었던 것이다. 악독한 왜적들은

"이때를 타서 조선놈들이 우리 일본인들을 몰살을 시키러 든단다.……"

"조선놈들이 우물마다 독약을 처 넣었단다……"

"그놈들을 모조리 잡아서 죽이지 않으면 우리가 그놈들 손에 죽고 만다……"

이러한 유언비어를 퍼뜨려 놓고, 이 독종들은 소위 자위대라는 것을 조직하여, 죽창과 곤봉과 일본도에 단총까지 들고 나섰다. 그리고 우리 동포를 만나는 족족 단총으로 쏘고, 일본도로 베고, 곤봉으로 박살하고, 또 죽창으로 찔러 죽였다.

이때 왜적의 손에 학살 당한 우리 동포가 실로 수천 명에 이르는 것이다.

이 하늘이 또한 크게 성낼 일에 어찌 사람이 홀로 관대

할 수 있겠느냐? 이 소식이 한번 전하여지자 민족의 진노는 컸다. 더욱이 조선의 혁명을 위하여 살고 조선의 혁명을 위하여 죽기로 맹세한 의열단 동지들의 가슴은 타고 피는 끓었다.

약산이 바야흐로 보복할 방도를 생각하고 있을 때, 마침 들리는 소문에 신년벽두 동경에 의회가 열리고, 조선총독 이하 각 대관이 모두 이에 참석하리라 한다.

도저히 그대로 지나쳐 버릴 수 없는 절호의 기회였다.

약산은 기어코 결사대를 조직하여 동경까지 보내고 싶었다. 의회가 열리는 날 그 방청석으로 동지들을 들여보내, 왜적의 관료와 군벌이 함께 모인 자리에 폭탄을 던져 이 자들을 죽이고, 강도정치의 죄악을 백일하에 폭로시키고, 아울러 진재震災(편주:관동 대지진) 통에 학살 당한 동포들의 영혼을 위로하여 주고 싶었다.

그러나 말이 그렇지 이는, 실로 지극히 어려운 일이었다.

제2차 계획이 드러난 이래 왜적들의 경계가 더욱 엄중하다. 그들의 신경이 극도로 예민하다.

이제는 육로, 수로를 막론하고 조선 국내로 들어가기도 수월한 일이 아니었다. 하물며 폭탄을 지니고 일본으로 잠입함이랴? 하물며 국회의사당 안으로 뛰어 들어가 관료와 군벌들을 암살함이랴?

이는 도저히 될 수 없는 일이었다. 약산은 본래의 계획을 고치지 않으면 안 되었다.

'일을 크게 꾸미기는 애당초에 그른 노릇이다. 그러나 그렇다하여 이번 계획을 아주 폐할 수는 없다. 다만 한 명 동지라도 어떻게든 동경까지 보내어 놈들 앞에 우리 민족의 분노를 표시하도록 하자!……'

이리하여 마침내 김지섭 동지가 이 막중한 사명을 띠고 떠나기로 되었다.

김지섭이란 어떠한 사람인가?

그는 경상도 안동 사람으로 호는 추강秋岡, 한학의 소양이 많은 이다. 그는 어릴 때부터 재조가 비상하여, 천재의 일컬음을 받은 사람이다. 일어 따위도 1개월의 독습으로 능통하여 단번에 지방재판소 서기 겸 통역생으로 채용되었다.

그러나 그는 오래 그 직에 종사하지 못하였다. 경술년
(1910)에 강도 일본이 우리 나라를 마침내 통으로 삼키자
그는 분연히 사직원을 내어놓고 향리로 돌아왔다. 그리고
동지들로 더불어 왕래하며 열렬히 시사를 담론하였다.

그가 주소畫宵(밤낮)로 생각하는 것은 오직 조국의 독립
이다. 그러나 독립은 시사를 담론할 뿐으로는 이루어지지
않는다.

'해외로 나가자! 나가서 널리 동지들을 규합하여 크게
독립운동을 일으키자!……"

이리하여 그는 어느 달 없는 밤에 국경을 넘어 만주와
시베리아 각지를 헤매 돌고, 1922년에는 상해에서 약산
과 만나 마침내 의열단에 가맹한 것이다.

의열단의 제2차 대암살 파괴계획 시에도 그는 국내로 들
어와 김시현, 황옥 등과 함께 일을 꾀하였었다. 그러나 불
행히도 모든 계획이 수포로 돌아가고, 많은 동지가 왜적에
게 체포되자, 그는 교묘히 검거망을 벗어나 해외로 나갔다.

그리고 다시 기틀(기회)을 엿보던 중에 약산에게 이번 계획을 듣고, 그는 곧 자기가 가겠노라 하고 자원한 것이다. 때에 그의 나이 39세였다.

그러나 갈 사람은 이렇듯 작정이 되었으나 물론 몸만이 가는 것이 아니다.

대체 폭탄을 지니고 일본 국내로 어떻게 잠입하여야 옳은가?······

이보다 앞서 약산은 상해에서 두 명 일인과 서로 알았다.

한 명은 일찍이 동경에서 신문기자를 다닌 일이 있다는 좌가현佐賀縣(사가겐) 출생 수도광이秀島廣二(히데시마 히데지) 라는 사람이요, 또 한 명은 당시 상해에서 이발사를 업으로 하고 있는 장기현長崎縣(나가사끼겐) 출생 소림개(小林開, 고바야시)라는 청년이다. 둘이 모두 사회주의자였다.

이제 약산은 추강 동지를 일본에 잠입시키려 하며 곧 이 두 사람을 생각해 내었다.

소림개에게는 소림관일小林寬一(고바야시 간이치)이라는 형이 하나 있다. 그는 삼정물산(미쓰이물산)의 화물선 천성환 (석탄운반선)의 선원이다. 약산은 잘 알고 있다. 이러한 선원들은 흔히 밀수와 밀항을 알선하는 것으로 가외의 수입을 꾀하고 있는 것이다.……

　이리하여 그해 12월 20일 추강은 중촌언태랑中村彦太郞 (나카무라 하코타로)이라 인쇄한 명함 30매와 폭탄 세 개를 지니고 천성환 석탄창고 속에 몸을 숨기어 마침내 상해를 떠났다.

　그를 이곳에다 감추어준 소림관일과 흑도리경黑島里經 (구로시마 리게이), 두 선원은 그를 심상한 아편 밀수업자로만 여겼고, 수도광이와 소림개 두 사람이 그렇게 소개하였기 때문이다. 또 소개한 사람들도 추강이 그저 어느 중대한 임무를 띠고 가는 줄만 여겼지 그의 행장 속에 그렇듯 폭탄이 세 개씩이나 간직되어 있으리라고는 꿈에도 생각 못하였던 것이다.……

그가 일본 구주(규슈) 팔번시八幡市(야하타시)에 상륙한 것은 그로써 열이틀 만인 12월 31일, 곧 섣달 그믐날 밤 열시였다.

그 밤이 지나니 밝는 날은 1924년 정월 초하루다. 만리 이역에서 더구나 그렇듯 유다른 사명을 띠고 맞는 새해 첫 아침은 실로 감개가 무량한 것이 있었다.

이날 그는 상해에 있는 동지에게 보내는 다음과 같은 서신을 초하였다.

동지 여러분 전前.

공하신원恭賀新元(삼가 새해를 축하합니다), 제弟는 288시간 만에 세상 구경을 하게 되었습니다. 참말 지저地底의 생활이었습니다. 그 속에서 생각할 때에 난이 세상 비애, 적막, 번민, 모든 고통이 한꺼번에 이 사람의 조그만한 뇌중으로 총집되어 경도광랑驚濤狂浪(사나운 파도)의 소리만 들릴 적에 할 일없이, 어서 나와 어복魚腹(물고기 뱃속)으로 들어가라고 유인하고, 최촉催促(빨리하도록 다그침)하는 공포를 주던 것이 마치 왕생의 일인 것

같습니다. 차시此時(이때)에 미기尾記(나중의 기록), 일률一律(상황이 한결같음)이 성成(이루어지다) 자세한 말씀을 할 것 같으면, 일편一篇 선중기船中記를 짓는대도 이 사람의 문장으로는 능히 다하기 어려울 뿐, 하려고도 아니함은, 사랑하시는 여러분은 필경 동정의 낙루를 마지않을까 염려함이외다. 어젯밤 십점종경十點鍾頃(시계가 10번 종을 칠 무렵)에 다행히 물건에는 고장 없이 이곳, 이 여관까지 도착하였으나, 그동안 촌보의 운동도 얻지 못하고, 편광片光(한 조각 빛)이 천일天日도 보지 못한 다음이라, 원래 건장치 못한 신체가 얼마나 쇠약하였는지, 창백한 안색과 냉정한 거동이 인형人形을 가지지 아니한 듯, 가만히 누웠어도 울렁거리난 것 같기만 하고, 자유로는 옴직할 수 없는 일개 등신이 되었다가, 행이수마幸以睡魔(다행하게도 졸음이 많아)의 조력으로 만사를 잊어버린 순간을 지낸 후에, 하녀배輩(하녀들)의 "아께마시데 오메데도우 고사이마스(새해 복 많이 받으세요)" 하는 소리에 놀라 일어나니, 거연간居然間(어느새) 차此 세상 40객이 되었습니다. 도리어 한심한 과경過境(세월이 흘러감)이 일장 춘몽에 불과하다는 느낌이 부지중 생기는 동시에 휘황한 정

신을 수습하여 이 붓을 잡게 됨에, 여러 가지 감상이 세색歲色
(세월이 흘러감)을 따라 새로운 것 같습니다. 개호시지開戶視之(문
을 열고 바라보니)하니 조래세우朝來細雨(새벽에 내리는 가랑비는)는 경
진輕塵(가벼운 티끌)을 눌러 있고, 가가첨하家家簷下(집집마다 처마아
래)에 집슈실과 솔가지는 영신迎新의 기쁨을 表하였고, 거목산
하이擧目山河異(눈을 들어 바라보니 산하가 달라 보인다)의 고시古詩를
포슬고음抱膝孤吟(무릎을 움츠리고 혼자서 시를 읊조리니)하고, 속상俗
尙(세상을 바라봄)도 별하다는(다르다는) 생각도 납니다. 세배에
분주한 딸깍발들은 도소屠蘇(설날 아침에 먹는 술)에 얼근하여 웃
음반 말반으로 얼마큼 자유롭게 보입니다. 어차於此에(어차피)
미기일절尾記─絶(끝에 절구한 수 써 넣음)이 성成(성공)이, 서면書面
(글로 적은 일정)이 여러분 수중에 들어가는 시時(때)에는, 벌써 이
사람의 전두前頭(이제부터 다가오게 될 앞날)난 여하간 결정된 이후
가 될 듯 하와, 걱정에 이야기며 물어 보면 하는 말은 쓸 필요
가 없어지고, 형편과 사정으로 임씨는 차거일일지정此距─日之
程(여기서부터 하루 거리의 길)되는 자기집에 갔다오겠다고 미명未
明(동 트기 전 새벽)에 출발하고, 부득이 내일 일모日暮(해 질 무렵)

까지 이곳 있다가 떠나려 하나, 전재관문前在關門(앞에 있는 관문)을 지내기 전에는 홀로 심세대고心細待苦(마음으로 고대하다)한 것이 또다시 선중船中의 현상을 인출印出합니다. 금후 부탁은 부언중 이해를 원하오며, 금번 경험상 무엇보다도 여러분은 신체건강을 위하여 자중자애하시기 빌고 바랍니다.

尾 記

萬里飄然一粟身, 舟中皆敵有誰親, 張椎荊劍胸臟久, 魯海屈湘思人頻, 今日腐心潛水客, 昔年嘗膽臥薪人, 此行已決平生志, 不向關文更問津

-船中-

一夢人間四十翁, 松門雨過大和風, 可憐今日迎新感, 畢竟千差萬不同

-元旦-

四二五七年元旦　八幡市備前屋旅

館火爐 앞에서 秋岡 弟 올림

(끝에 기록한다.

너른 바다 가운데 한 좁쌀 같은 이내몸,

배 안에는 온통 적뿐, 친한 이 누구냐.

장량長良의 철퇴와 형가荊軻의 칼을 가슴에 품은 지 오래되었고,

공자같이 바다를 건너고 굴원屈原처럼 소상강蕭湘江에 갈 생각 자주 하였다.

오늘 답답한 마음 안고, 물귀신이 되려니,

그 옛날 일찍이 와신상담 했었네.

이번 걸음 벌써 평생에 품어 온 뜻이니,

관문關門을 향하지 않고 나루터를 찾아나선다.)

-배 안에서-

(하룻밤 꿈속에 벌써 40세가 되었으니,

문 앞에 비 지나자 평화의 바람 불어온다.

아아! 오늘 새해 감회에 젖노라니,

필경 천차만별 모든 게 같지 않으리.)

-새해 첫날에-

그는 여기서 "걱정의 이야기며 물어 보면 하는 말은 쓸 필요가 없다" 하여, 288시간 동안 석탄선 창고 속에서 겪은 간난고초에 대하여는 아무 구체적인 기술이 없었다. 그러나 우리는 그것이 알고 싶다.

또 그는 이 가장 홀홀한 여정 가운데 이곳 팔번시八幡市(야하타 시) 비전옥備前屋 여관에서 연사흘을 묵었다. 그것은 어인 까닭인가? 이러한 모든 사정을 우리는 그가 이곳에서 정월 초삼일에 대인 다음 서신으로 알 수 있는 것이다.

원단元旦에 올린 편지는 무체無滯(막힘이 없다)

입조入照하였난지 궁금하외다. 제弟난 이곳서 금일까지 있게 된 것이 참 불가사의로 생각이 됩니다. 전서前書에도 말쌈하얏거니와, 걱정에 이야기는 필요가 없다 하여도, 이와 같은 불가사의를 해혹解惑(의혹을 풀다)하자면, 대강령이라도 말쌈 아니할 수 없습니다. 우리가 하시何時던지 고통의 원인이 금전에서 나오지 아닌 것이 없지마는, 금번이야말로 관계 비경非輕(가볍지 않다)한 경우에 어찌 애닲지 아니하리오. 제의 출발 당시 일화 40원(현재 약 130만원) 외에난 분동分銅(돈 한푼)을 가져가지 아니한 것은 아시는 바이지요. 탑선 동시에 견송하던 양반이 3원(현재 약 10만원)의 대부을 구하기로 주었습니다. 선중에 가서난 1일 1회, 혹 2회의 악반握飯(주먹밥)을 아모 부식품이 없이 먹게 되고, 담배 한 개의 준비도 없었으니, 중간 신信바람하는 사람(소식을 전해주는 사람)에게 조금씩 조금씩 주어, 근근히 지물潰物(시원찮은 물건)도 소소少少, 물도 이따금, 담배도 종종 차입되난데 약 오 원 금이 12일간에 허비되고, 상륙하야 여관에 도착하야 임씨가 말하기를, 선원 중 세화인世話人(다른 사람을 잘 돌봐주는 사람)에는 한잔 없일 수 없으나, 제弟는 태殆히(위험하게) 불성언사(인사 치레를 안할 수 없음)의 태도이니 동同좌석할 수 없고, 자기 혼자라도 선언善言(좋은 말로) 대접하여야 금후의 관계도 불소하다고 경비를 요구하기로 거절할 수 없이 7원(현재 약 23만원)을 주었지요. 또 자기가 꼭 같이 가야 하겠는데 여비가 없어 주선하기 위하야 자기 집까지 갔다올 터이니, 호毫(털끝만치도) 염려말고 이곳서 유숙하면, 자기난 속속히 주선하야 오겠다고 여러 가지 그럴 듯도 하게 말할 뿐 외에, 전두前頭에 관문이 중쇄重鎖(꽉 잠김)하였으니 하여간 그것을 경과하기 전까지 냉각할 수 없기로, 요구대로 자기 집까지 경비 5원을 주었더니 과기불래過期不來(기일이 지나도 오지 않음)가 금이이천今已二天(해가 바뀌었음)이요, 제의 여관비가 3박에 12원(현재 약 40여만원) 차대하녀대합茶代下女代合(차 값 일봐주는 값 합하여)이 되고, 그동안 소소잡용이 약 3원이 되었습니다. 그러고 보니 여불과餘不過(나머지는 ~에 불과하고) 5원 금이요, 이곳서 목적지까지의 3등실 비만 하여도 15원(현재 약 50여만원)이오, 또 최후 일각까지 무엇을 먹고 지내자면 소불하 4, 5원이요, 목적지에 가서라도 여관비난 그만두고, 전차임電車賃 인력거임, 하녀 입막음, 적어도 4, 5원이 없어서난 아니 되겠난데, 연즉然則 부족이 20원(현재 약 65만원) 이상이라, 사고무지四顧無知(세상에 아는 사람이라곤 아무도 없고)하고 신부중책身負重責(무거운 짐만 잔뜩 지었고)하고 일자가 지낼사록 점점 맥랑麥浪(보리가 물결치듯 쌓이다)하여지고, 어이하면 좋을까, 관문까지 혼자 가서 아모 곳이나마 할까 하다가, 또 그까짓 데다 하느니보다난 이 돈 가지고도 부산은 갈 수 있으니, 그게서 어떻게든지 할까, 또는 부산서 경성까지 여비 변통하야 보아 가서 볼까, 이것저것 할 것 없이 이 사람의 일을 신휘사시神魔思猜(귀신이 시기를 부리니)하고 시불이혜時不利兮(때는 바야흐로 이롭지 못하여)며 조물造物이 방해하난 것인즉, 소래비관素來悲觀(평소 비관에 젖어)에 갱도극두更到極頭(머리 꼭대기까지 올라와)하야, 포각천만抛却千萬(모든 일 다 내던지고)하고 자처치 아니고난 안 될 간두지세竿頭之勢(백척간두의 위험한 형세)가 도래하지 아니하였는가 생각다가, 또다시, 그러고 보면 이 사람의 평생이 너무도 헤프지 아니한가, 기위 목적지까지 못 갈 바에는 목적을 성공치 못하는 것도 필연의 사실이라, 연즉然則(그렇다면) 소부所負(맡은 것)는 하여간 처치하고, 일신一身만 도생圖生(삶을 도모함)하였다가 후기를 기다릴까 하고 보니, 일신도 생도 도선渡鮮(조선으로 건너감) 이전에는 무타도리無他道理(다른 도리가 없음)요, 도선하자면 관부간關釜間(편주:시모노세키와 부산 사이) 위험은 있긴 하나, 참말 어이하면 좋을까. 이내 사정이 과연 난관에 도착하였습니다. 이 난관이 시험적 천옹天翁(하느님)의 고의가 아닌가. 에라, 모다 그만두어라, 이곳서 좌이대사坐以待

死(앉아서 죽음을 기다림) 난 못하겠다. 모포도, 외투도, 시계도 무엇 할 것 없이 되난 대로 금전으로 환태換兌(바꿈)하여 보아 가는 대로 가다 보자 하고 떠나게 된 길이올시다. 시정時正 황혼이요, 천한여차天寒如此(날씨가 이렇게 찬데) 한데 일수쌍영一 樹雙影(나무와 그림자가 서로 의지. 곧 외로움)이 진실로 자린자소自憐 自笑(가련코도 우습다)한 일이외다. 기회가 되면 또다시 하처에 서든지 어떠하다는 것이 알게 되겠지요.

갑니다 추강秋岡은

이리하여 추강은 갔다. 그가 그토록이나 기다리던 사람 은 끝끝내 돌아오지 않았던 것이다.(그의 서신 가운데 임씨라 함은 상해上海서 추강과 한 배로 오고, 또 그의 일을 거들어 주기로 약속 이 있었던 소림개小林開(고바야시)를 가리키는 말이다.)

여비는 이미 떨어졌고 믿지 못할 사람을 기다리고 있다 가 일을 그르치는 것을 염려하여, 그는 마침내 회중시계와 담요를 전당잡혀 가지고, 그날 1월 3일 밤 이곳을 떠났다.

그곳을 떠나 그는 어데로 갔나? 그가 어떠하다는 것이

하처何處(어디)에서 알려졌나?

아무 다른 곳에서가 아니다. 바로 동경에서였다. 추강은 팔번시八幡市에서 곧장 동경으로 향하였던 것이다.

노중路中 문사門司(모지)와 하관下關(시모노세키)의 두 관문, 또 산양선 동해도선 차중의 이동 경찰……, 밀정의 눈은 도처에 번득이었으나 추강과 추강이 몸에 지닌 세 개 폭탄은 안전하였다.

그가 품천品川(시나가와) 역에서 차를 내린 것은 이틀 뒤인 1월 5일 새벽이었다.

'어찌되었던 이제 나는 동경까지는 왔다!……'

추강의 입에서는 저 모르게 안도의 한숨이 새어 나왔다.

그러나 '제국의회'는 휴회 중에 있었다. 이것을 추강은 차중에서 본 신문으로 알았다. 언제 다시 재개될지 모른다는 것이다.

이미 그러하다면 목표는 달리 골라야만 할 일이었다. 몸에 폭탄을 지니고 며칠씩 동경 시내를 배회할 수는 없는 일이다.

'우선 여관이나 정하여 놓고 보자!……'

그는 일찍이 일본에 유학한 일이 있는 조선학생으로부터, 고전마장高田馬場(다카다노바바) 역전에 '심설관深雪舘'이라는 하숙집이 있음을 배웠다. 그 집에는 우리 유학생이 많이들 묵고 있다는 것이다.

추강은 품천(시나가와)에서 곧 성선전차를 바꾸어 타고 고전마장(다카다노바바)으로 갔다. 그러나, 모처럼 찾아간 심설관에는 방이 없었다. 그는 하는 수 없이 그 근처 아무 여관에나 찾아 들어갔다.

조반을 재촉하여 먹은 뒤에 추강은 역앞 매점에서 산 동경 지도를 폈다. 그리고 그 가운데서 왜왕의 거처하는 궁성을 찾았다. 왜적들이 가장 존숭하여 마지않는 궁성에 일탄을 투척하여 우리 민족의 분격을 표시하리라 그는 마음에 작정한 것이다.

한동안 차 위에서 궁성 부근의 지리를 익힌 다음에, 그는 여관을 나서 일비곡日比谷(히비야)으로 향하였다. 거사하기 전에 한번 실지로 현장을 알아두자는 것이다.

추강은 수차(여러 차례) 2중교*와 앵전문櫻田門(사꾸라다몬) 부근을 배회하여, 2중교가 바로 궁성 정문 앞에 걸리어 있는 다리임을 확실히 안 다음에 일단 그곳을 떠났다.

그리고 날이 저물기를 기다리어 그는 처음으로 동경 구경을 왔노라는 촌사람 일인 두 명과 동행처럼 차리고 다시 한 번 목적한 곳으로 갔다.

이날 밤 2중교 위에서 일어난 사건에 대하여 당시의 신문은 다음과 같이 보도하고 있다.

당일, 현장의 광경을 보건대, 그날 오후 6시부터 궁성 2중교 부근을 배회하는 남자 세 명이 있었는데, 밤이 되어도, 돌아가지 아니함으로, 부근을 경계하던 경관은, 밤이 되면 배관拜觀(관광을 즐김)을 할 수가 없은 즉, 속히 돌아가라고 하였더니, 그 말을 들은 세 명은, 즉시, 그 자리를 떠났으나, 그 중의 한 명은 또다시 2중교로 와서 여기저기 거닐게 되었는데, 그는, 24·5세 가량 되는 청년으로, 양복에 중절모자를 쓰고, 오버코트를 입었으며, 그의 행동이 심히 수상함으로, 2중교의 입

* 일본의 3대 아름다운 다리중 하나인 동경 궁성의 2중교.

구를 경계하던 일비곡日比谷(히비야) 경찰서 순사 강본번영岡本繁榮(오카모토 시게루)은 그를 체포하려한즉, 그는 아무 말도 아니하고, 2중교 중앙으로 벼락같이 뛰어 들어감으로, 문간을 지키던 근위의 보초는 총을 겨누고 길을 막으며, 그가 문으로 들어가기 전에 다른 보초 한 명과 순사와의 후원을 얻어 그자를 체포한 후, 2중교 밖으로 끌어내었는데, 그때에 다리 위에는 폭탄 두 개가 떨어진 것을 발견하였으나, 그는 순사와 보초의 손으로부터 도망하려고 격투를 하며, 또 한 개의 폭탄을 다리 중앙에 내어던졌다. 그때 폭탄은 권총을 발사하는 듯한 소리를 내며 폭발하였으나, 순사와 보초는 권총을 발사하는가보다 생각하고, 그를 일비곡경찰서로 끌고갔는데, 사법성에서는, 영목鈴木(스즈키) 검사총장 이하 검사정과 예심판사와 검사가 일비곡서에 출장하여 엄중한 취조를 개시하였는데, 그는 그날 밤에 폭탄으로써 2중교를 파괴하고, 혼잡한 틈을 타서 궁성 안에 침입하려던 것이라, 이 사건이 생기자, 당시 청포淸浦(키요라)는 내각조직을 중지하고, 근신하던 산본山本(야마모또) 내각은 긴급각의를 열고, 신문기자

단 수십 대의 자동차는 동치서분東馳西奮(이리저리 달림)하여 매우 소란하였다.

이에 대하여 시촌市村(이치무라) 황궁경찰부장의 말을 들으면 다음과 같다.

자기는 5일 밤 일곱 시를 지나서 황궁경찰부로부터 온 전화를 받고, 급히 출서하였으므로 현장의 광경은 보지 못하였으며, 사실인즉, 나이 40세가량 되는 사나이가 2중교 부근으로 배회함으로, 일비곡 순사는 누구냐 물은즉, 그는 몸에서 폭탄을 꺼내어 순사를 겨누고 던졌으나, 그 폭탄은 2중교 중앙에 떨어지며 폭발은 되지 아니하였고, 그때 근위 제 1연대 제11중대 1등졸 세편청細片淸은 그 광경을 보고 그를 향하여 총을 겨눈즉, 그는 다시 제2차 폭탄을 던졌으나, 그 폭탄은 정문 석책 위에 떨어지며, 그 보초병은 그를 다리 난간 위에서 붙잡은즉, 그는 제3차로 다시 폭탄을 던졌으나, 이번도 역시 폭발되지 아니하였는데, 그때 근위보초병 천원장차랑

川原長次郎(가와라조지로)은 수위대 본부에 종을 눌러, 3·4명의 보초병이 달려와서, 겨우 그를 체포하여 일비곡경찰서에 인치한 것이다.

이 일이 발생하자, 일본정부는 극도로 낭패하여 즉시 사건의 신문 게재를 금하고, 긴급 각의를 열어 대책을 강구하였다.

그들은 경찰에 엄명하며 연루자를 신속히 체포케 하는 동시에, 또 사건 책임자들에게는 다음과 같은 징계처분을 내렸다.

곧 이통에 내무차관 총본청치塚本淸治(츠카모토 오사무)는 견책을 당하고, 경보국장 강전충언岡田忠彦(오카다 타다히코)은 감봉, 경시총감 탕천창평湯淺倉平(유아사 다이라), 경무부장 정력송태랑正力松太郎(쇼리키 마쓰타로), 애탕愛宕(아타코) 경찰서장 홍전구수치弘田久壽治(히로타 구치)의 무리는 모두 면관이 된 것이다.

예심은 지난至難(매우 어려움)도 하여 실로 9개월을 끌었다.

원래 그다지 건장하다고는 못할 그의 몸은, 경찰에서의 갖은 고문과 온갖 악형으로 쇠할 대로 쇠한 데다 마침내 병까지 얻어, 그의 옥중고초는 실로 참혹한 것이 있었다.

그러나 병들고 쇠한 것은 오직 그의 육신이었다. 그의 정신은 모든 고난에도 굴하지 않고 더욱 굳굳하였다.

공판정에서 사실 심리로 들어가자 그는

"내 진술할 말이 있소."

하여 재판장의 허가를 얻은 다음 흥분된 태도에 비창한 어조로 다음과 같이, 당당하게 또 준렬하게 일본의 악정을 꾸짖었던 것이다. 곧 그는

"총독의 통치 아래서 우리 조선 사람들은 실로 개나 도야지만도 못한 생활을 하고 있는 것이다."

하는 말로 위시하여 중추원의 한 괴뢰기관에 지나지 않음을 폭로하고, '동양척식회사가 조선인을 경제적으로 파멸시키려는 횡포'며, '물가등귀의 모순'과, '교육, 사법, 경찰 등 모든 제도의 불합리'를 일일이 실례를 들어 통론하고,

"이 같은 사실은 일본 안에 있는 일반 일본인들은 전연

알지 못하고 있는 일이오. 나는 이것을 한번 알려 주고 싶었소. 물론 몇 개의 폭탄이 궁성부근에서 터졌다 하여 일본의 위정자들이 곧 반성하리라고 믿은 것은 아니오. 그러나 나는 적어도 일본의 무산대중들이 크게 각성하는 바 있어, 다시는 관리배들에게 속는 일없이 우리와 함께 손을 맞잡고, 세계평화를 위하여 싸와 주기를 기대하였소."

그리고 최후로

"우리 조선인들은 조선의 독립을 절대로 요구하오. 우리는 이 일을 위하여서는 이미 독립선언서에서도 말한 바와 같이, '최후의 일인이 최후의 일각까지 싸우고야 말 것이오."

하고 말을 마쳤다. 이어서 사실 심리가 있었고, 다음에 검사의 논고로 들어갔다. 그는 선박침입, 폭발물취체규칙위반 등 조목을 들어 장황한 설명이 있은 뒤에

"피고는 실로 황거의 관문을 침범하였을 뿐 아니라, 그 목적하는 바가 본래 국가에 대한 반역이니 가장 중대한 범죄라 할 것입니다. 이는 소호小毫(아주 작은 털끝만큼)도 용

대容貸(죄를 벌하지 않고 용서하다)할 여지가 없음은 물론이요, 공소까지도 허락할 필요가 없는 일이니, 주범 김지섭에게는 폭발물취체규칙 제3조와 형법 제236조, 244조 등 조문에 의하여 사형에 처하고, 수도광이秀島廣二에게는 징역 10년, 소림개小林開에게는 징역 3년, 흑도리경黑島里經과 소림관일小林寬一에게는 죄의 경중을 따라 각각 6개월 내지 1개년 징역에 처하는 것이 마땅하리라 생각합니다."

하고 구형하였다.

이에 대하여 포시진치布施辰治(후세 다쓰지) 변호사는 분연히 일어나

"대체 폭발물취체규칙을 위반하였다고 사형에 처한 일이 이제까지에 단 한번이라도 있었느냐? 이는 실로 전무후무한 일이다."

하고 논박하기 시작하여 그 자신도 조선의 약정을 통론한 다음,

"폭탄 감정을 육군성에서 한 것은 일반 조선인의 그지없는 반감을 자아내었을 뿐 아니라, 공정한 재판의 위신

에도 관계되는 것임으로, 우리는 다시 제국대학에서 감정하여 주기를 신청하였건만 재판장은 이를 이유없이 각하하였다. 그 폭탄들은 선중船中에서 습기로 인하여 고장을 일으킨 것이 분명하니 이는 명백한 불능범不能犯이다. 또 선박으로 말하더라도 선적船籍을 상해에 두었으며, 역시 주주는 일본인이 많은 데도 불구하고, 다만 그 선내에 일어난 사건만을 취체한다는 것은 이론상으로도 온당치 못할 일이다. 이같은 선박에 들어갔다 하여, 대체, 어데 선박 침입죄라할 근거가 있느냐?"

하여, 김지섭의 무죄를 열렬히 주장하였고, 그 뒤를 이어 송곡松谷(마츠타니) 변호사는,

"이번 범죄사실은 필경은 조국을 위하는 열성에서 나온 일이다. 우리는 이 사건 배후에 잠겨 있는 총독정치의 횡포를 먼저 생각하지 아니하면 안 된다. 조선인은 지금 아무렇게도 할 수 없는 궁경에 빠져 있는 것이다. 이것을 조금도 생각지 않고 중형에 처하려하는 것은 천만부당한 일이다."

하였고 등창藤倉倉(후지쿠라) 변호사는 또

"피고 김지섭은 곧 조선 민중 전체의 의사를 대표한 사람이다. 이 사건의 판결 여하는 장래에 지중한 영향을 가질 것이다. 이 점을 생각하더라도, 우리는 한번 깊이 고려하여 볼 필요가 있는 게 아니냐?"

하여 다 함께 무죄를 주장하였다. 판결 언도가 있은 것은 그해 11월 6일이었다. 무기징역이다. 추강은 이에 불복하고 곧 공소하였다.

"나의 정신은 법률의 정신과 완전히 일치한다. 즉, 법률은 사회의 질서를 유지하고, 민중의 자유와 생명과 재산을 보호하는 것에 그 정신이 있지 아니하냐? 나도 우리 조선 동포들의 자유, 생명, 재산을 위하여 이번 행동에 나선 것이다. 그것이 무슨 죄가 되느냐? 이러므로 나는 나의 무죄함을 주장한다. 그러나 또 한편으로 생각하면, 우리의 독립선언은 곧 일본에 대한 선전포고다. 나는 일본인과 싸와 그들을 죽이려 하였으니 이제 일본인이 나를 죽이려함은 오히려 당연한 일이라 하겠다. 나를 무죄로 못하겠으면 너희들은 곧 나를 사형에 처하라.……"

추강은 이러한 주견으로 공소를 제기하였던 것이다. 이리하여 서류는 공소원으로 넘어갔다. 그러자 이곳에 한 개 중대한 문제가 일어났다. 곧, 사건을 심리하는 중에 해가 바뀌고, 1925년 1월 5일로써 김지섭에 대한 구속기한이 다한 것이다.

공소원에서는 이미 전년 12월 19일에 구류진행서를 작성하여 검사국으로 넘기었고, 또 검사국에서는 그 이튿날인 20일에 이를 형무소로 전하였다 하는데, 어이된 까닭인지 정작 형무소에서는 법규에 의한 수속을 취하지 않은 채 1월 5일을 맞이하였다.

신 형사소송법에 의하여 그의 구류기간은 이미 만료되었다. 그럼에도 불구하고 아무런 법적 수속이 없이 그대로 구류하여 두는 것은, 이는 정녕한 불법감금이다. 추강은 형무소 소장에 대하여 이를 힐문하고, 보석을 요구하였다. 그러나 소장은 이에 응하지 않는다. 그는 크게 분개하여 곧 한 통 유서를 초한 다음 단식을 결행하였다. 변호사들은 책

임의 소재를 밝히기 위하여 즉시 조사에 착수하였다.

당국자는 이번 일에 대하여 털끝만한 성의도 보이지는 않았다. 형무소와 검사국이 서로 책임을 전가하려 골몰인 사이에 추강의 몸은 극도로 쇠약하여지고, 11일에는 마침내 감옥병원에 입원하는 바 되었다.

동경유학생 각 단체가 연명連名하여 서면으로 하고, 또 학우회 대표가 직접 그를 면회하여 백방으로 권하였으나 추강은 듣지 않았다. 단식은 그대로 계속되었던 것이다.

그러나 참으로 기막힌 노릇이다. 죽으려 하나 또한 죽을 수 없는 몸이었다. 극도로 쇠약한 몸이 자리 위에 혼절하여 한창 죽음의 길을 더듬노라면, 곁에 지키고 앉았던 의사가 기계로써 그의 몸에 영양물을 주사하자는 것이다.

비록 추강의 의지는 굳다 하여도, 전연 의식이 불명한 때에 당하는 노릇은 이를 도저히 거부할 길이 없다. 그는 시작한 지 아흐레 만인 14일 아침에 이르러 마침내 단식을 중지하지 않으면 안 되었다.

이해 5월과 7월에 공소공판이 있은 뒤, 8월 12일에 비로소 판결이 내리니 추강은, 역시 1심이나 한가지인 무기다.

변호사는 당자와는 아무 의논도 없이 곧 상고수속을 취하였다. 그러나 추강은 이를 취하하고 복역하기로 정하였다. 다만 그는 같은 징역살이를 하더라도 고국에 돌아가하고 싶었다. 그러나 왜적은 이를 허락하지 않고 그를 천엽千葉(지바) 형무소에 수용하였다.

독방 안의 무기 도형수徒刑囚(강제 노역을 하는 죄수)

어제도 오늘도 홀로 묵묵히 봉투를 붙여 기나긴 날을 보내느라면 추강의 입에서는 저 모르게 한숨도 새어 나왔다.

그러나 한숨을 쉬어 보면 무얼 한단 말이냐? 이제 새삼스러이 앙탈하여 무를 길 없는 저의 운명이다.

그러자 이듬해 이른바 은사라 하는 것이 있어 그는 뜻밖에 20년으로 감형이 되었다.

'20년 내 만약 죽지 않고 살아 다시 노파로 나가게 된다면 그때 내 나이 60인가?'

60 서글픈 웃음이 그의 마음을 좀 더 애닯게 하여 준다.

그러나 그도 모두가 허무한 노릇이었다.

그로써 2년이 채 못되는 1928년 2월 신문은 우리에게 슬프고 놀라웁고, 또 뜻밖인 소식을 전한다.

곧 2월 24일 신문에

'不向關門更問津   (고향으로 향하는 길 다시 묻지 않으리)

金祉燮畢竟獄中作故   (김지섭은 필경 감옥 속에서 죽음)

가족 보고 싶어 사진 들여간 것도 얼마 전

親弟 禧燮氏急據日本行'   (친아우 희섭씨가 급히 일본으로 감)

이란 표제 아래, 다음과 같은 기사가 실려 있다.

이제로부터 3년 전에 동경 2중교 사건으로 20년 징역을 받게 되어, 그 후 천엽형무소에서 복역 중이던 경북 안동군 출생 김지섭은 돌연히 지난 20일, 대구에 있는 그의 실제 김희섭씨에게 형무소에게 보낸 옥사獄死의 비보가 왔다는데, 이 비보를 받은 김희섭씨는, 그날 곧 유해를 받으러 동경으로 건너왔다하며, 김지섭의 슬하에는 남녀간 아직 하나도 없고, 오직 부인 홀로 이세상에 남았을 뿐이며, 약 1주일 전에 옥중의 그로부터 아우 희섭씨에게로, 친족들의 얼굴이 보고 싶으니 사진을 보내라고 기별이 와서, 곧, 희섭씨는 자기와 자기 아들, 두 사람이 박힌 사진을 보낸 일도 있다더라.(大邱)

곧 1928년 2월 20일 오전 8시 30분. 추강 김지섭은 천엽형무소 독방 10호실에서 44세를 일기로, 그 생애를 마친 것이다. 그의 사인에 대하여 형무소에서는 뇌일혈이라 발표하였다. 그러나 세상은 이를 그대로 믿지 않았다. 그의 너무나 갑작스런 죽음에는 아무래도 의점이 있었다. 추강의 유해는 마침내 천엽대학병원 해부실로 운반되었다. 이 사건에 관한 동아일보 동경특파원의 보도는 다음과 같다.

동경 2중교 폭탄사건으로 영어囹圄(감옥)의 몸이 된 김지섭의 옥사에 대하여는, 누보累報(여러차례 보도함)한 바어니와, 이 말이 전하자, 일본 노동농민당의 포시布施 변호사는, 22일 천엽(지바)에 이르러 전후사실을 듣고, 김지섭의 죽은 원인을 밝히기 위하여 시체의 해부를 요구하여 형무소 당국의 양해를 얻고, 간도間島(마지마) 촉탁의사를 23일에 천엽(지바)형무소에 급행케 하였으며, 한편으로 고향을 떠난 친제 김희섭씨는, 23일 오전에 동경에 도착한바, 출영한 친척과 함께 즉시 천엽(지바)에 달려와서, 동일 오후 2시경에 실형室兄(친형)의 시체를 받아 간도 촉탁의의 입회로, 천엽의과대학에서 해부에 착수하였다. (중략)

해부한 결과에 대하여 입회한 간도 의사는 말하되,

"우선 머리만 해부하였는데, 뇌일혈은 분명하며, 기관지출혈의 장소와 전문電文 불명 그 모양이 통례와는 다를 뿐 아니라, 거의 보지 못하던 현상이다. 별나게 수상한 점이 보인다는 것은 아니지만, 그렇게 출혈되는 원인은 앞으로 연구하여 본 뒤가 아니면 밝히 말할 수가 없다"고 한다.

같은 신문에, 김탁金鐸이란 사람의 담화가 실려 있다. 그는 추강이 작고하기 두 달 전인 1927년 12월 18일에 고인과 면회를 한 사람이다.

　나는 추강과는 인척관계가 있어, 재작년 10월과, 작년 12월
과 전후 두 차례 그를 가 보았었소. 첫 번 볼 때는 얼굴도 퍽
파리하였고, 몸도 매우 쇠약하였었는데, 요전번에 가 보니,
놀랄 만치나 건강하여졌습디다. 추강은, 조선공산당의 그 뒤
소식도 묻고, 조선의 현상, 특히 일반민중의 생활상태에 대
하여 여러 가지로 알고 싶어 합디다. 그리고, 동경학우회 동
지와 친지들, 또 자기가 폐를 끼친 변호사 제씨에게 간곡한
인사를 드려 달라고 당부하며, 금년 열두 살이 된 양자 용운
이와 결혼한 뒤로 거의 공규空閨(빈 방)를 지켜 오다시피한 부
인의 얼굴이 한번 보고 싶다 말합디다.……

　그는 정녕 옥중에서 멀리 떨어져 있는 처자를 생각하였
던 것이다. 수륙 수천리를 격하여 상면이 용이하지 않음
을 깨달았을 때, 그는 사랑하는 이들의 사진이나마 보고
싶었다.

우리는 그가 작고하기 일주일 전에, 그의 아우 되는 이가 부쳐 준 사진을 과연 추강은 한 번 보기나 하고 돌아갔는지 모르겠다.

그러나 설혹 그가 보았다 하더라도, 그 사진은 그의 부인과 아들의 것은 아니었다. 추강은 그 대단치 않은 소원조차 이루어 보지 못하고, 이 세상을 떠난 것이다.……

제3차 폭동계획

동경 2중교 위에 난데없는 폭탄이 떨어져 그 너무나 엄청난 사건에 일본 국내가 벌컥 뒤집혔던 1924년 정월, 이와 거의 때를 같이하여 조선에도 어떠한 중대계획을 가지고 의열단원들이 국내로 들어왔다는 정보가 있어 왜적들은 극도의 긴장과 불안 가운데 월여月餘(한달 남짓)를 보내고, 2월 중순에 이르러서야 비로소 사건의 발표를 보게 되었다.

이것이 곧 의열단 제3차의 폭동계획으로 제1차, 제2차나 한가지로 이번에도 불행히 사전에 비밀이 발로되어 많은 혁명투사가 왜적의 손에 검거를 당하고 말았던 것이다. 2월 14일 조선일보는 이 사건을 다음과 같이 보도하고 있다.

진재(동경대지진) 후 민심동요를 기회로
파괴, 암살을 계획하던 사건
금일 경성지방법원에서 공판

중국 방면에 있는 의열단은 암살, 파괴를 실행하기 위하여 조선 안에 들어와 대활동을 하다가, 종로경찰서에 검거되어 그동안 경성지방법원에서 예심중이던바, 심리를 마치고 동원同院 형사부 공판에 부치었다 함은 이미 보도한 바어니와, 형사소송법이 개정된 이후로 재판소에서는, 어떠한 사건을 물론하고 공판이 개정되기 전에는 내용을 발표하지 아니하기로 결정되었으므로, 금반今般(이번) 중대사건도 아직까지 그 내용을 절대비밀에 부치고 발표치 아니하야, 일반사회에서 매우 궁금히 생각하는 중인데, ······모 방면으로부터 들으면, 예심판사가 예심을 종결하고 사실을 인정하여 형사부에 회송한바, 금일에 공판이 열린다더라.······

이 사건에 희생된 의열단 투사들은 다음과 같다.

구여순具汝淳, 32   경남 진주군 진주면 중안동 192
오세덕吳世悳, 28   경기도 고양군 숭인면 안암리 172
문시환文時煥, 26   경남 동래군 동래면 복천동
강홍렬姜弘烈, 22   경남 합천군 대양면 양산리
김정현金禎顯, 22   경북 안동군 풍북면 현애동 347
배치문裵致文, 35   전남 목포부 창평정 3

이제까지 의열단이 계획한 폭동으로 규모가 큰 것은 언제나 실패하였다. 제1차의 곽경·이성우 등 사건이 그러하다. 제2차의 김시현, 황옥 등 사건이 그러하다. 그리고 실로 이번 제3차의 계획이 또한 그러하였던 것이다.

동경대진재*에 왜적의 손에 참혹한 죽음을 이룬 동포
는 그 수가 실로 수천 인에 달한다. 이 원한을 대체 어떻
게 갚아야 옳으냐?

　약산은 한편으로 추강 김지섭 동지를 동경까지 보내어
제국의회를 폭파하게 하는 동시에, 이 인심이 한껏 소요
騷搖한 때를 타서 조선에 있어서도 일대폭동을 일으키려
계획을 진행시켜 왔던 것이다.

　그러나 불행히도 사전에 비밀이 드러나 마침내 유위有
爲한 동지들을 왜적의 손에 넘기지 않으면 안 되었다. 실
로 통탄할 일이다.

　그로써 2주일 지나, 같은 달 28일에 적의 재판장으로
부터 판결언도가 있었다. 곧 구여순 징역 4년, 문시환, 강
홍렬 각 2년, 오세덕 1년, 김정현 8개월 그리고 배치문 한
사람만이 무죄였다.

---

* 동경대진재: 1923년 9월 1일 발생. 일본은 대지진으로 인한 사회혼란
과 흉흉한 민심을 잠재우고 한국의 사회주의자를 탄압할 기회로 삼았다.
일제는 한국인 폭동의 유언비어를 퍼뜨리고, 도쿄·가나가와 현·사이타
마 현·지바 현에 계엄령을 선포했다. 군대·경찰, 자경단은 수많은 인명
을 학살했는데, 약 6,000명 가량의 한국인도 포함되었다.

판결언도가 끝나자마자 김정현은 곧

"이놈들아! 이 죽일놈들아! 다 듣기 싫다! 내가 너희 놈들 강도정치 아래 희생될 사람이 아니다!"

하고 함치고 문시환은 재판장을 향하여,

"소위 제령制令 제 7호 위반이란 무엇이냐?"

"소위 치안방해라는 것은 무엇이냐?"

"네놈에게 형을 받고 공소하는 것은 나의 양심이 용서하지 않는 일이다."

목소리를 가다듬어 연달아 꾸짖고 형무소로 돌아가는 자동차 안에서는 또

"조선독립만세!"

를 고창高唱(크게 외침)하여 무심한 행인들의 마음에도 한때 깊은 감명을 주었다.……

북경 밀정 암살사건1

부절不絶하는(끊이지 않는) 폭력·암살·파괴·폭동으로써 강도 일본의 통치를 타도하여야 한다는 것은 당시에 있어 약산의 굳은 신념이요, 또 의열단의 유일무이한 행동강령이었다.

단의 활동은 우리가 이제까지 이야기하여 온 몇몇 사건에 그치는 것이 아니다.

되는 대로 당시의 낡은 신문들을 뒤적거려 보자. 우리는 실로 그곳에서 거의 무수하다 할 의열단 관계 기사를 발견하는 것이다.

이제 잠깐 1923년으로부터 1924년에 걸쳐 몇 개 표제를 고르기로 한다.

1923년

5월 1일

'의열단의 최근 동정

단원이 만주로 왔다는 풍설'

5월 14일

'의열단의 폭발탄

일본 군대용과 같이 정교한 것'

5월 16일

'의열단원 동경에

독립선언을 배포

상해에서 파견된 결사대원

경성을 거쳐 들어간 듯하다'

6월 2일

'고관암살단행

조선 안에 있는 의열단원이

일본 있는 동지에게 통지해'

6월 2일

'신나천神奈川(가나가와)현 경찰부 돌연 대활동을 개시

횡빈 있는 의열단이

무슨 계획을 한단 말에'

6월 3일

'수십 개의 폭탄을 싣고

의열단원 출발

중국 진황도秦皇島에서 떠났다고'

6월 7일

'의열단원 체포

신호神戸(고베)수상서水上署에서 한 명을 체포

사건은 확대될 듯하다고 한다'

6월 10일

'의열단 입래호入來乎

평남과 경성의 연락으로 대활동

두 곳에서 이미 혐의자 두 명 체포'

8월 7일

'의열단원 천진에 모여

남부선 파괴를 계획

김원봉 이하 여러 단원이'

1924년

3월 1일

'3월 1일을 기한 모 사명으로

의열단원 잠입설

경기도 경찰부에서 대경계

경남 도지사의 밀첩이 왔다'

3월 14일

'의열단 통과설로

시내 각서 활동

경찰부를 위시하여

시내 각 서가 대활동'

3월 16일

'의열단 조선 잠입

국경을 넘어 경성에 잠입'

4월 14일

'김원봉과 손문孫文 연락설

의열단장 김원봉과 손문씨가 연락한다'

4월 15일

'공산당과 김원봉

연락하여 일본대관 암살차로

단원을 일본에 보낸다는 정보'

4월 15일

'김원봉의 활동과

경기경찰부의 엄탐嚴探

일본공산당과 연락을 취하야

무기를 수입하야 파괴를 계획'

4월 16일

'의열단원 체포

대규모로 군자금을 모집하다가'

4월 26일

'의열단이 뇌관을

일본에서 사간단 말'

5월 8일

'의열단 잠입은 사실?

경찰부는 계속 활동중'

5월 16일

'의열단원 도일설

일본경찰의 엄중경계'

6월 10일

'의열단이 일본에

○○ 25개를 가지고'

6월 15일

'의열단의 암살설

김원봉의 지휘로 활동?

이것은 허풍설이란 말도 있다'

8월 5일

'의열단 신호神戶(고베) 상륙

경찰이 단원의 뒤를 엄탐중'

11월 10일

'의열단

원산에 침입?'

11월 28일

'실색失色한 시내 경찰

봉천 일영사관 부경부 입경

정거장여관으로 비상활동

의열단 관계자 권○국 입경.'

11월 30일

'원산·인천 대경계

○○단 침입설에 실색한 경찰.'

이러한 것을 들자면 한이 없는 노릇이다. 대강 이만하
여 두거니와 실로 의열단은 그 활동을 한시라 멈춘 적이 없었다.

그들은 부절히 계획하고 부절히 실행하였다. 온갖 곤란 온갖 장애에도 결코 굴하지 않고 그들은 부절히 왜적과 싸웠다.

그러나 모든 애국자 모든 혁명투사들에게 있어 가장 큰 협위脅威(위협)는 실로 밀정들의 존재였다. 우리의 은밀한 계획을 미연에 정탐하여 이를 낱낱이 왜적에게 알리는 밀정들의 활약이었다.

이 무리들로 하여 우리 혁명가들은 가는 곳마다 뒤를 밟히고, 앞길을 잘리우고, 모든 주밀한 계획은 여지없이 분쇄되고, 온갖 영웅적인 활동은 완전히 봉쇄 당하고 마는 것이다.

실로 가증한 것은 이들 밀정의 무리였다. 이 자들 왜적의 응견鷹犬(사냥용 매와 개)은 도처에 출몰하여 우리의 일동 일정一動一靜을 감시하고 온갖 비밀을 탐지하여 혹은 3원에 혹은 5원에 모든 정보를 왜적에게 팔았다.

아니다. 이 자들이 왜적에게 팔고 있는 것은 단순한 정보가 아니다. 그것은 곧 저희의 동포였다. 저희의 형제였다. 실로 저희의 조국이었다.

저희의 조국과 동포를 적에게 파는 가증한 무리들, 불경에 이르는 바, 사자신중충獅子身中蟲(사자 몸속에 있는 벌레)이란 곧 이자들을 두고 하는 말이다. 이는 도저히 그대로 버려둘 수 없는 존재다. 전민족의 이름으로써, 마땅히 처단하여 버려야만 한다.

1925년 3월, 의열단은 이들 밀정 가운데서 가장 악질분자인 김달하金達河라는 자에게 마침내 사형선고를 내렸다. 그리고 형의 집행을 단원 이인홍李仁洪과 또 한 명 동지에게 명하였다.

김달하는 당시 북경에 있었다.

이 자는 북양군벌의 거두 단기서段祺瑞(돤치루이)의 부관으로 있으며, 뒤로는 조선총독부의 밀정 노릇을 하고 있는 것이다. 조선독립을 위하여 열렬히 싸우고 있는 모든 애국지사들의 비밀을 탐지하여 왜적에게다 파는 것이 그의 직업이었다.

1925년 3월 30일 오후 여섯 시 가량 하여서다. 이인
홍李仁洪*은 또 한 명 동지와 더불어 이 가증한 경견警犬 김
달하를 그의 처소로 찾아갔다. 당시 김은 안정문내安正門
內 차련호동車輦胡同 서구내로북西口內路北 문패 23호에 살고
있었다.

문을 두드리니 하인이 안으로서 나와 누구시냐 묻는다.
두 동지는 긴말 않고 곧 그에게 달려들어 뒷결박을 지우
고 입에다는 재갈을 물려 한구석에 틀어박아 놓은 채 안
으로 들어갔다.

가족과 함께 방 안에 있던 김달하가 "누구냐?" 외치며
자리에서 벌떡 몸을 일으킨다. 이인홍은 그의 손이 바지
포켓으로 들어가는 것을 보자, "꿈쩍 말아!" 한마디 하고
손에 단총을 꺼내들며 그의 앞으로 갔다. 그리고 그가 그
자의 바지 포켓에 들어 있는 단총을 압수하는 사이에 또
한 명 동지 이기환李箕煥은 그 가족들을 차례로 묶었다.

"네게 이를 말이 있다. 이리 나오너라!"

그들은 김달하를 이끌고 따로 떨어져 있는 뒤채로 갔

---

* 이인홍李仁洪(1890~1946): 본명 이종희李鍾熙. 의열단원. 전북 김제출생.
  1922년 김익상, 오성륜과 다나카 기이치 암살미수사건에 가담. 1925년
  조선의용대 총무종장.

다. 그리고 품으로써 한 장 문서를 꺼내어 탁자 위에 펴놓았다. 곧 의열단에서 내린 사형선고서다.

밀정의 얼굴이 파랗게 질렸다.

"내 한 번 읽으마. 네 자세 들어라!"

이인홍은 선언하고 곧 선고서를 낭독하였다.

그곳에는 그의 어제까지의 온갖 죄상이 나라와 동포를 반역하고 왜적의 주구가 되어 우리 혁명운동을 어떻게 파괴하여 왔나? 얼마나 많은 동지들을 왜적의 손에 넘겨 주었나? 하는 것이 세세히 기록되어 있었다. 읽고 나자 이인홍은 엄숙히 말하였다.

"네 죄목에 조곰이라도 이의가 있다면, 어데 발명해 보아라!"

밀정은 그러나 파랗게 질린 얼굴에 바짝 마른 입술만 경련시킬 따름 종내 아무 말이 없었다.

"이의가 없으면 수결手決을 두어라."

이인홍은 다시 한마디 하였다. 밀정은 그가 명하는 대로 기계처럼 움직였다.……

그의 가족들이 서로 묶은 것을 풀고 몸의 자유를 찾은
것은 그로써 여러 시간이 지난 뒤다.

"소리만 내면…, 꿈쩍만 하면 용서없이 쏠 테다!"

한 괴한의 으름장이 무서워 그들은 그때까지 송장처럼
방구석에 틀어박혀 있었던 것이다.

그들이 집안을 샅샅이 뒤져 마침내 뒤채에 찾아 이르렀
을 때, 그들의 가장은 이미 차디찬 한 개 송장이었다.

그의 목에 한오라기 새끼가 감겨 있었다.

괴한은 정녕 소리가 밖에 들릴 것을 저허하여 단총을
사용 안 하였던 것이다.

시체 옆에 떨어져 있는 사형선고서로 하여 중국 경찰은
그것이 의열단원의 소위임을 알았다. 그러나 그들은 이
살인범인을 깊이 추구하려 안 하였다. 각 신문도 이 밀정
의 죽음에 대하여는 털끝만치도 동정을 표하지는 않았다.

당시 북경에서 발행되던 일간신문 「경보京報」에도 피해
자 김달하에 관하여,

"金達河者韓國人. 有名之日本鷹犬. 住北京有年. 專以探訪韓國
獨立軍祕密. 報告日本人爲業. 故韓國獨立軍知其如此. 早欲乘
隙殺此警犬. 以絶後根. 故三十日午後六時許. 韓國獨立軍數名
至其家. 叫開大門…… 云云"

(김달하란 자는 한국인인데, 일본의 사냥꾼 노릇을 한다고 이름이 났다. 그
는 북경에 몇 년 동안 있으면서, 전적으로 한국 독립군의 비밀을 정탐하여,
일본 사람에게 보고하는 것을 직업으로 삼았다. 그러므로 한국 독립군은 그
사람의 행실이 이렇다는 것을 알고 일찌감치 이런 사냥개를 죽여 후환을 없
애려고 하였다. 그러므로 30일 오후 6시쯤 한국 독립군 몇 명이 그의 집에
가서 대문을 두드려 열고…… 운운)

이라 하고 죽어 마땅할 자로 인정하였다.

왜적은 분개하고, 그의 동류 밀정의 무리들은 극도의
불안과 공포 속에 빠졌으나, 세상 인심은 모두 이 사건을
통쾌하여 하고, 그들 사형집행인이 무사히 탈주하였음을
못내 기뻐하였다.

이인홍은 뒤에 황포군관학교를 졸업하고 북벌에 참가하였다. 그리고 1938년 10월 10일 약산이 동지들로 더불어 '조선의용대'를 조직하자 그는 총무조장이 되어 분투하였다.

그러나 그의 최후는 심히 애달프다. 그는 폐에 병을 얻어 전열戰列에서 물러나고, 이래 병상에 신음하는 중에 8월 15일을 맞이하였다. 조국의 해방 그의 아픈 가슴에 기쁨과 감격은 남들보다도 오히려 더 벅찼다.

"돌아가자! 꿈에도 차마 잊지 못하던 고국으로, 나 살아생전에 다시 돌아가자!⋯⋯"

1946년 여름 그는 병을 안고 고국으로 가는 배에 몸을 실었다. 아픈 몸에 황해 넓은 바다, 물결은 세찼다.

그래도 고국으로 돌아간다는 기쁨이 고국산천을 다시 대한다는 감격이 모든 괴로움을 잊게 하였다. 배는 일로一路 평안히 항해를 계속하여 부산에까지 이르렀다.

그러나 평안치 않은 것은 국내 형편이었다. 일은 공교로웁기도 하여 당시 남조선에는 콜레라가 창궐하고, 이

소동으로 하여 해외서 오는 선객들은 완전한 검역이 끝나기까지 일체 상륙을 허락 않는다.

실로 하루를 삼추처럼 애타게 기다리다가 그는 끝끝내 고국땅을 밟아보지 못한 채 선중에서 작고하고 말았다.……

제13

북경 밀정 암살사건2

밀정 김달하 암살사건이 있은 뒤 3년이 지나 같은 일이
또 한 번 같은 북경에서 같은 의열단원 손에 일어났다. 곧
1928년 10월 27일 동아일보는 이 사건을 다음과 같이
보도하고 있다.

지난 16일 밤에, 중국 북평 숭문 밖 2조에 있는 대륙농간공
사大陸農墾公司 안에서, 박용만朴容萬* 씨가 조선인 청년 두 사
람의 권총에 무참히도 참살을 당하였다는데, 내용은 전기前

---

* 박용만朴容萬(1881~1928): 독립운동가. 강원 철원출생. 안창호(安昌浩), 이
  승만(李承晩)과 더불어 일제강점기 재미한인사회를 이끌던 3대 지도자 중
  한 사람. 초기에는 독립운동가였다가 후에 일본의 밀정이 되었다는 시각
  이 상존한다. 박태원의 "약산과 의열단"에서는 밀정으로 기술.

記 시간에 가해자가 나타나서 ○○운동의 자금으로 쓰겠으니 대양大洋 일천 원(현재 약 3200만원)만 내어 놓라고 강청하므로, 객청으로 데리고 가서 설왕설래하다가 거절을 당하자, 가해자는 즉시 박용만 씨를 향하여 권총을 발사하여, 세 군데의 중상을 시킨 결과, 마침내, 절명하였다는바, 가해자의 한 사람은 자칭 박인식朴仁植으로 ○○단에 가담한 사람이라 한다. 씨는 기미년 초에 상해 가정부假政府 군무총장의 지위에 있다가 취임하기를 거절하고, 바로 북경으로 가서 모종의 운동을 하다가, 최근에는 개척사업을 하기 위하여 공사를 만들어 가지고 활동하던 중, 그와 같이 참살되었다는바, 씨는 일찍이 하와이로 건너가서 여러 사람들과 연락을 취하여 ○○운동에 종사하기 20여 년 이었고, 금년 48세를 일기로 세상을 떠났다 한다.

그러나 이 보도는 사건의 진상을 전하고 있지 않다. 더욱이 군자금 천 원의 제공을 거절하였기 때문에 '지사 박용만씨'가 의열단원에게 사살 당한 듯이 기술되어 있는 것은 크게 옳지 않다.……

　박용만은 상해임시정부의 초대 외무부장과 다음에 군무부장을 차례로 지냈고, 북경서 군사통일회를 소집한 일도 있어, 소위 독립운동의 열렬한 지사로 당시 명성이 가히 혁혁한 바가 있던 사람이다.

　그러나 그의 뜻은 굳지 못하였다. 그의 절개는 결코 송죽에다 비길 것이 아니었다. 어느 틈엔가 그가 왜적들과 비밀한 왕래가 있다는 정보를 받은 이래 의열단은 은근히 그의 동정을 감시하여 왔다. 그리고 마침내 그와 북경외무성 촉탁 목등木藤(기토)이란 자와 사이에 은밀한 교섭이 있음을 적실히 알았다.

　얼마 있다 이 변절한 자는 국내로 들어가 조선총독 제등실齋藤實(사이토 코토)미과 만났다. 우리는 그들 사이에 있은 밀담의 내용을 알지 못한다. 그러나 전일의 소위 애국지사가 오늘날에는 강도 일본의 주구가 되어 옛 동지들을 왜적에게 팔려는 의논이었음은 다시 의심할 여지가 없는 일이다.

제등齋藤(사이토)과 밀담을 마친 그는 곧 서울을 떠나 잠깐 해삼위(블라디보스톡)를 들러서 북경으로 돌아왔다. 그리고 개척사업을 하겠노라 하여 대륙농간공사라는 것을 만들어 놓았다.

의열단은 이 추악한 변절자를 그대로 두어둘 수 없었다. 그들은 이 자에게 마침내 사형을 선고하기에 이르렀다.

이리하여 1928년 10월 16일 밤에 원산 출신의 단원 이해명李海鳴*은 이 자를 그의 집으로 찾아가 단총으로 그 목숨을 빼앗았다. 그리고 그는 그 자리에서 중국경찰의 손에 검거되었다. 그러나 중국법정은 그를 애국자라 하여 경하게 4년 형을 언도하였다. 그는 북경서 복역하였다.

형기가 차서 옥문을 나서자 그는 황포군관학교에 입학.

그리고 북벌에 참가. 다음에 조선의용대에서 공작.

뒤에 조선의용대의 일부가 광복군과 합판하자, 이번에는 광복군 제1지대에서 공작.

그리고 그는 해방후 고국으로 돌아왔다.

---

* 이해명李海鳴(1896~1950): 강원도 통천 출생. 본명 이구연李龜淵. 1927년 의열단 가입. 1928년 베이징에서 밀정 박용만을 암살(박용만의 행적엔 밀정이냐 아니냐의 두 가지 의견이 상존). 1938년 조선의용대 창설에 참여.

제14

경북 의열단 사건

1925년 10월 30일 국내의 일간신문 또 한 개 중대 사건
의 발생을 보도하였다. 곧

　'중대사명띠고

　의열단원 입경

　의열단원 양건호가 상해를 떠나

　대구를 거쳐 경성에 들어왔다고'

그로써 열흘이 지난 11월 9일에는

'입경한 의열단원

중대사건음모

시내 각서 연합대활동'

다시 이틀 지난 11일에는

'의열단원 양건호

경북경찰부에 피착

모모 중대한 계획을 실행하려는 중에

필경 대구부의 달서면에서 잡히었다.

무기도 압수=사건확대'

왜적은 이 사건을 심히 중대하다고 보아 즉시 신문 게재를 금지하고, 극비밀리에 경찰의 취조와 검사국의 예심을 마친 다음, 만 일 년이 경과된 이듬해 11월에 이르러서야 비로소 진상을 발표하니, 이것이 곧 세상에서 이르는바 '경북 의열단사건'이라는 것이다.

1926년 11월 11일 동아일보 기사는 다음과 같다.

경북 중대사건

의열단 전후 활동진상

과거 7년간 관계자 전후 30여 명

만 일주년 만에 해금된 양건호 사건

사건 경개梗槪=작년 11월경에 경북경찰부 손에 검거된 상해 의열단원 양건호(일명 이종암李鍾岩, 31) 외 11명은 검거되는 그 당시부터 경북경찰부에서 비밀히 취조를 계속하는 동시에, 동 10일에 동 사건의 신문게재를 금지하고, 사건의 취조가 끝난 후, 세 명은 증거불충분으로 석방되고, 이종암, 배중세裵重世(31), 한봉인韓鳳仁(29), 고인덕高仁德(40), 김재수金在洙(39), 이병태李丙泰(28), 이병호李丙浩(31), 김병환金鉼煥(37), 이기양李起陽(38) 등 9명은 대구지방법원 검사국으로 넘기어, 그동안 택목澤木 예심판사 담임으로 만 일개 년 동안 예심을 받다가, 지난 2일에야 겨우 예심이 끝나, 이종암, 배중세, 한봉인, 고인덕 5명은 유죄로 결정되어, 대구지방법원 공판에 부치고,

김재수, 이병태, 이병호, 김병환, 이기양 4명은 무죄로 결정되어 면소되었다는데, 동 사건의 경개는, 주범 이종암이가 지금으로부터 10년 전에 만주방면으로 가서 김원봉을 만나 의열단을 조직하여 가지고, 그동안 많은 폭탄과 권총을 휴대하고, 부하들과 같이 조선 내지에 전후 여섯 번이나 드나들며, 중대한 계획을 하는 동시에, 년전에 상해에서 전중田中 대장을 살해하려던 사실과, 작년에도 모 중대계획을 실현하려고 들어왔다가, 그만 거사 전에 검거된 사실로, 동 사건의 예심이 끝나자 게재금지로 만 일주년이 된 작昨 10일에야 해금되었더라. (하략)

1925년 12월 18일은 곧 의열단원 이종암 이하 3명의 공판이 있은 날이다.

이날 개정 전후의 실경實景을 12월 20일 조선일보는 다음과 같이 전하고 있다.

……공판은 18일 오후 0시 10분에 대구지방법원 형사 제1

호법정에서 엄중한 경계리에 개정되었는데, 피고 중 고인덕은 신병으로 말미암아 출정치 못하였으므로 분리 개정키로 하였는데, 원체 사건이 중대하니만큼, 방청인도 많아, 정각 전부터 조수같이 밀려온 방청인은 무려 2백 명에 달하였는 바, 이러한 관계로 대구지방법원에서 제일 큰 1호법정을 가리어 개정하였음에도 방청인이 넘치어, 할 수 없이 그대로 돌아간 사람이 또한 백여 명에 달하였었다. 그런데 미리부터 법정의 혼잡을 예상한 경상경찰부를 비롯하여 대구헌병분대에서는 정사복 경관과 사복 헌병대원 약 40여 명을 풀어, 정내廷內와 정외廷外를 물 한방울 샐틈 없이 경계하고, 방청자는 남녀노약을 물론하고, 일일이 머리로부터 발끝까지 치밀 엄중한 신체수색을 하여, 긴장한 공기는 종일토록 동 법원을 싸고돌았는바, 방청인 중에는, 특히 피고들의 가족과 친우들이 많았으며, 피고 중 고인덕의 가족들은 멀리 밀양에서 방청하러 왔다가 그대로 돌아갔었다.……

이날 심리가 끝나자 적의 검사는 배중세, 한봉인에게

각각 10년을, 이종암에게는 무기를 구형하였고 그로써 일주일 후인 25일에 재판장은 이종암에게 징역 10년, 배중세, 한봉인에게 각각 징역 2년의 언도가 있었다.

애달픈 것은 고인덕 동지다. 그는 병으로 말미암아 이 공판 때에도 출정하지 못하였거니와 그로써 겨우 사흘이 지난 21일 오후 8시에 그는 대구형무소 안에서 40세를 일기로 한많은 세상을 떠나고 만 것이다.

그의 슬픈 생애에 대하여 당시의 신문은 보報한다.

파란 많은 일생 감옥행도 2회

고인덕은 본래 밀양군 밀양면 내2동에서 출생하여, 22세 때, 대구계성학교에 입학하여 공부한 후, 1918년 11월에, 세사에 그릇됨을 보고 개연히 고향을 떠나 만주로 가서, 길림과 상해 등지로 돌아다니며 독립운동을 맹렬히 하다가, 기미년에 조선 내지에서 3·1운동이 일어남을 보고, 동지 이종암, 김원봉과 모의한 후, 동년 3월경에 다수한 폭탄을 밀양으로 밀수입하여다가 폭파의 봉화를 밀양에서부터 들려 하였으나, 일이 중간에 발각되어, 그것으로 대구지방법원에서 징역 3년의 판결을 받고 복역하다가, 1년 6개월 만에 가출옥이 된 후, 얼마 아니 되어, 그는 또한 ○○사건으로 해외에 특파원을 보낼 때에, 그 여비가 없음을 보고, 가산을 방매하여 3천 원을 만들어 제공하였으며, 그 후, 또한 이번 의열단 사건이 발각되매, 그의 연루인 관계로 오랫동안 영어의 고초를 받다가, 드디어 옥중에서 심장마비를 일으키어 그와 같이 영면하였다는바, 밀양 그의 본집에는, 그의 부인 이복수씨(39)와 그의 장남 요한要漢(13)과 차남 종규鍾圭(3)와 딸 둘이 있다 한다. 그의 흉보가 한번 들리매 밀양에 있는 그의 가족은 물론이요, 밀양 청년 수십 명이 일부러 대구까지 와서 망인의 유해를 받아 가지고 돌아갔는데, 그 부인 이씨와 그의 친제 금식禽植군의 애처로운 울음소리는 멀리 구소九宵(구천)에 사무쳤으며, 유해를 영접하려 온 그의 친우들도 조루吊淚를 금치 못하였다더라.……

제15

식은·동척 습격사건

1926년도 이제 앞으로 며칠이 안 남은 12월 26일이다.

　중국 영구營口(잉커우)로부터 인천에 입항한 중국 윤선 이통호利通號는 이날 오후 두시부터 부두에다 신고 온 화물과 선객을 토하여 놓기 시작하였다.

　배에서 내려오는 사다리 곁에가 붙어 서서 상륙하는 선객들의 행색을 유심히 살피고 있는 것은 수상경찰서에서 나온 형사의 무리다.

　이 자들은 특히 조선인이라고만 보면 반드시 한옆으로 끌어내었다.

그리고 "누구냐?", "어데 사느냐?", "어데서 오느냐?", "어데로 가느냐?", "무엇하러 왔느냐?", "가진 것은 무엇이냐?", "그 밖에 또 없느냐?"…… 또 무어니 무어니, 미주알고주알 캐어묻고, 그 신문에 대한 답변이 저희들로서 만족할 수 있는 것이기 전에는 이 자들은 결코 그대로 놓아 보내려고는 않는 것이다.

그러나 이날 이통호에서 내린 선객 가운데 조선 사람은 몇 없었다. 총수 1백 79명 가운데 중국인이 1백 72명, 일인이 4명 그리고 조선 사람은 단지 세 명이다. 이들 세 명은 양민도 도적으로 보고 싶어 하는 탐정들 눈에도 별로이 수상한 점이 느껴지지는 않았다.

물론 일인이야 처음부터 문제 밖이요, 중국인에 대하여도 경찰은 그다지 심악하게는 굴지 않았다.

이리하여 이날 이통호로 입항한 1백 79명의 선객은 모두 무사히 관문을 통과함을 얻었던 것이다.

이날 선객 가운데서 중국인 22명이 인천부 지나정 38

번지에 있는 중국 여관 원화잔으로 들어갔다. 그 집 서사는 그들을 객실로 안내하고 일일이 도객기到客記(숙박부)를 받았다.

객 가운데 20여 세 된 사나이 하나가 그를 보고 묻는다.

"나는 오늘 밤 진남포까지 가야 하겠는데 예서 몇 점 차를 타야 연락이 좋겠오?"

서사는

"전남포로 가십니까? 그러면 역시 오십오분에 경성역 발 북행차가 있으니까 예서 여덟시 사십오분 차로 떠나시면 꼭 좋습니다."

하고 대답하였다. 나중에 경성서 사건이 발생한 뒤에 조사를 하여 보니, 이 사나이가 바로 도객기에다 산동성인山東省人 마충대馬忠大 35세라 기록을 남긴 사람이다.

그러나 알고 보면 그는 이통호 선객명부에다가는 산동성인 마중덕馬忠德 35세라 하였었고, 이날 밤 인천을 떠나 전남포까지 갔다가, 이튿날 27일 오후 3시 13분 평양발 열차로 다시 경성으로 들어와 남대문 5정목 13번지, 중국 여관 동춘잔에 투숙한 때는 또 전 숙박지 인천, 원적 강소성, 주소 동상同上, 마중달馬仲達 35세로 행세하고 있는 것이다.

이 수상한 중국인이 실상을 알고 보면 강소성 출생도 산동 사람도 아니요 실로 조선국 황해도 재령 출신의 의열단원 나석주羅錫嶹*로서, 중국어에 능함을 이利하여(이용하여), 그렇듯 중국인으로 가장하고 엄중한 경계를 돌파하여 국내로 들어온 것이다.

그가 목적하는 바가 경성이면서 그렇듯 일차 전남포까지 갔다온 것이며, 세 번씩 이름을 고친 것은 물론 그 종적을 황홀하게 하기 위함이다.

그러나 이름은 번번이 갈았으며 성은 어찌 하여 세 번 다 마가로 두었던가?

그것은 또한 만일의 경우를 고려하였기 때문이다. 불행히 중도에서 변명조變名條로(이름이 다름으로) 하여 적의 혐의를 받게 되는 때 '마중덕', '마중대', '마중달'의 서로 음이

---

* 나석주羅錫嶹(1892~1926): 황해도 재령출신. 1926년 의열단에 가입. 경제 침탈의 총본산인 조선식산은행과 동양척식주식 에 폭탄을 투척하였으나 불발로 실패하였고, 이어 권총을 사용하여 여러 명의 일본인을 사살하였다. 추격을 받자 권총으로 자결. 일본 경찰에게 자신의 성명과 의열단원임을 밝히고 순국하였다.

비슷한 것을 들어 자기가 일시 오기한 것으로, 변명할 여지를 남겨 두자는 심모원려深謀遠慮(깊이 생각하고 장래를 걱정함)에서 나온 일이었다.

그날 밤, 남대문 밖 중국 여관에서 나석주는 동숙한 여객들과 늦도록 담소한 뒤에, 남들이 잠들기를 기다리어 다섯 통의 유서를 초하였다.

그리고 그는 바로 그 이튿날 본래 목적하였던 대로 왜적의 경제적 약탈의 총기관인 동양척식회사東洋拓植會社와 식산은행殖産銀行을 습격하여 전후 7명의 왜적을 거꾸러트리고, 경찰대의 추격을 받자 마침내 면하지 못할 것을 알고 스스로 저의 가슴을 쏘아 마침내 장렬한 최후를 마친 것이다.

왜적은 서울 한복판에서 일어난 이 중대 사건에 소스라치게 놀랐다. 그리고 일체 신문 게재를 금하고, 비밀리에 조사를 진행하여 오다가, 그로써 열엿새 지난 1927년 1월 13일에 이르러서야 비로소 해제하니 도하都下의 각 신

문은 이날 일제히 호외를 발행하여 이를 대대적으로 보도
하였다.……

백주 돌연한 근래초유의 대사건
동척과 식은에 폭탄을 투척
권총을 난사하여 일거에 7명 저격
=작년 십이월 이십팔일 오후 이시 황금정의 일대 참극=

탈출한 범인은 가상街上에서 자살

작년 12월 28일 오후 2시경부터 동 40분까지의 동안, 백주
에 시내 남대문통 2정목 동양척식회사 경성지점에 폭탄을
던지고, 또 권총을 난사하여 동척 사원과 경찰 등 일본인 7
명을 살상한 후, 범인 자기도 자기 권총으로 자살을 한 근래
에 전례 없는 중대사건이 있었는데, 당국에서는 사건의 내용
이 비범함을 알고, 즉시 신문의 게재를 일체 금지하고, 검사
국과 연락하여, 대대적으로 조사를 진행하는 중에 있었다.
이에 대하여 그동안 본사에서는 그 내용에 저촉되지 않는 범

위에서 단편단편적으로 그 사건관계 사실을 보도하여 온 바 있었는데, 당국으로부터 금일로써 해금이 되었으므로, 그동안 사건의 발생과 그 경과의 대략을 우선 호외로써 보도하는 바이다.

우선, 식은殖銀에 일탄!

◇우선 처음 폭탄은 식산은행에 던져◇

돌발직전에 수상한 중국인

사건의 발단은 동일 오후 2시경에 동양척식회사에 약 30여 세 되어 보이는 중국 옷 입은 사람 한 명이 들어가, 종이 조각에 이 모라는 이름을 써 가지고, 수위에게 보이며, 이 사람을 만나보러 왔노라고, 마치 중국 사람이 조선 말을 하는 것 같이 서투르게 하므로, 그런 사람은 없다고 하였더니, 그대로 돌아간 일이 있었다. 그 후 약 5분 가량 뒤, 2시 5분경에 다시 식산은행의 정문, 일반 통용문으로, 또 중국 옷 입은 어떤 사람 한 명이 들어가서, 동 은행 사무실 남쪽에 있는 대부계를 향하고 은행 창구의 철책을 넘겨 폭탄을 던졌는데, 폭탄은 그 대부실 뒤 담벽 기둥에 맞고 그 아래 떨어졌으나, 폭발은 되지 않았다. 동 은행에서는 연말이라 비상히 바쁜 중이었으므로 폭탄이 떨어지는 줄도 모르고 있었다. 그때, 동 은행 창구 밖에는 일반 내객들이 다수하였고, 수위도 다른 볼일로 별로이 주의가 없이 있었으나, 조일양조회사 점원 중촌 中村(나카무라)이라는 일본인이, 폭탄 던지는 것을 보고, 그것을 돌덩이 던지는 것으로만 알고, 수위에게 이야기 하여, 즉시, 그 떨어진 폭탄을 들어가지고 조사하여 보았으나, 그때까지 무엇인지를 알지 못하여, 그것을 동 은행 서무과로 가지고 가서 조사하여본 결과 동 과에 근무하는 휴직休職 육군중좌 소전小田(오다) 씨가 그것을 폭탄으로 알고, 즉시, 소관 본정서에 급보하여 다수한 경관이 동 은행으로 급행하게 되었다.

제2차 동척돌입

상하층서 6명 저격

◇폭탄에 실패하고 권총으로◇

출기불의出其不意의 맹렬한 사격

별항 식은에 폭탄사건이 있은 지 약 10분 뒤, 동 2시 15분경에, 다시 동양척식회사에, 조금 전에 이모를 찾으러 왔던 중국 옷 입은 사람이 신문지 조각에 무엇을 싼 듯한 것을 끼고 들어서며, 먼저 바로 정문 안 수위 책상 앞에 앉아 무엇을 쓰고 있던 조선부업협회 잡지기자 고목길강高木佶江(35)을 권총으로 쏘아, 요란한 소리와 함께 그가 거꾸러지는 것을 보고서, 다시 나는 듯이 2층 위로 뛰어 올라가다가, 그때 마침, 아래층 식당에서 동척사원 무지광武智光(22)이가 그 소리에 놀래어 뛰어나오며 층층대로 따라 올라오는 것을, 또 그의 가슴을 향하고 두 번이나 사격하여 층층대에서 굴러 떨어뜨린 후, 곧, 2층, 남쪽으로 뛰어 올라가, 토지개량부 기술과장실로 들어가서, 그 맞은편 의자에 걸터앉아 있는 동 과장차석 대삼태사랑大森太四郎(38)을 쏘아 거꾸러뜨리고는, 다시 그 옆에 앉아 있는 동 과장 능전풍綾田豊(45)을 향하고 또 한방을 놓으매, 책상머리만 맞고, 능전씨는 문을 박차고 뛰어나가는 것을 쫓아나가, 문 밖에서 사격하여 거꾸러뜨린 후, 또다시 그 옆 개량부 기술과실로 들어가서, 권총을 난사하며, 또 폭탄 한 개를 꺼내 던지고, 다시 처음 올라왔던 길로 돌아, 아래층으로 내려가서는 동편 길로 빠져나가다가, 동척 안에 있는 조선철도주식회사 정문 뒤쪽에 있는 것 현관 안에 앉아 있는 동 수위 송본필일松本筆一(60)과, 또한, 그때 마침, 시계 값을 받으러 와서 수위와 함께 앉아 이야기 하고 있던 용산 한강통 천진당시계 점원 목촌열조木村悦造(29)를 각기 한 방씩 쏘고는, 곧, 그 문으로 빠져 달아났는데, 전기前記 개량부에 던진 폭탄도 역시 안전장치기를 빼놓지 않고 던진 관계로 폭발되지 않고 말았다. 그때, 일반 동척사원들은 너무도 놀래 저마다 책상 밑으로 숨으며, 누구 한 사람 꼼쩍을 못하였으므로, 그 범인은 그 안에서 마치 무인지경같이 횡행하였다고 한다.

가두에서 경부 사격

다음은 자기 흉중胸中

◇자살하던 순간의 말 못할 광경◇

앙천부지仰天俯地한 범인의 최후

별항과 같이 동척에 대소동이 일어나자, 식당에서 전기前記 피해자 무지武智보다 조금 뒤떠어져 나오던 동척사원 휴직 소좌 생중生中씨가 그 광경을 보고, 즉시 황금정 파출소에 사실을 급보하여 경간들이 현장으로 달려오던 때에, 이미, 범인은 동척 구내를 벗어나, 바른 손에 권총을 든 채로 황금정 길거리에 나서자, 그때 마침, 그 앞으로 경기도 경찰부 경무과 근무 경부보 전전유차田畑唯次(35)씨가 정복을 입고 지나가는 것을 만나, 권총으로 또 그의 가슴을 향하고 사격하여 거꾸러뜨리고는 전차길을 건너 동쪽으로 달아나는데, 그때는 이미 정복순사 4·5인이 범인의 뒤로 쫓아오므로, 범인은 황금정 2정목 삼성당 건재약국 앞 전신주 옆에 이르러 일부러 넘어지며, 자기 권총으로 자기 가슴을 겨누고 세 방이나 쏘고, 또 순사들의 달려드는 곳을 향하고, 두어 방 난사하고는, 정신을 잃고, 땅에 쓰러지고 말았다. 그때, 범인의 품 속에서는 탄환이 쭈루루 쏟아지며 권총을 든 채 정신없이 넘어진 것을 따라가던 순사들이 포승으로 얽어매어, 경찰부 자동차에 신고 총독부 병원으로 데리고 간 것이다.

암담한 현장과

철동 같은 경계

피해자 중 필경 세 명은 사망하고

범인도 총독부 의원에서 절명해

사건발생과 당시의 시내

사건이 일어났던 당일, 전기前記 동척 실내와 그 뒷문 밖과 황금정 2정목(을지로2가) 길거리 등 현장에는, 선혈이 임리淋 漓(여기저기 깔림)한 목불인견의 참상을 연출하였었는데, 실내에, 혹은 길 위에, 피에 싸여 쓰러져 신음하고 있는 피해자들을 기마경관과 무장경관들이 삽시간에 수없이 모여 늘어서 있는 가운데로 자동차, 혹은 들것 들에 담아 연해 병원으로 운반하여 가는 광경이 완연히 전장과 같은 수라장을 이루었다.

피해자의 경과

전기 피해자 중, 전전田畑 경부보는, 심장을 맞아 운반하여 가던 자동차 안에서 절명되었고, 수위 송본松本은 머리를 맞고 문 밖으로 뛰어나가 돌 층대 위에 쓰러져 있는 것을, 시계점원 목촌木村은 가슴을 맞고 그 길로 달아나 그 맞은편 중국 자전거포에 가서 쓰러져 있는 것을, 각기 총독부 의원으로 운반하여 갔었으나, 절명되어 세 명이 죽고, 또한 동척사원 무지武智는 가슴을 두 번이나 맞은 위에 층층대에서 떨어지어 부상까지 한 관계로 총독부 의원에서 생명이 경각에 달려 있는 중이었고, 동 사원 대삼大森도 가슴을 맞아 동 의원에서 생명이 심히 위독한 중에 있었으나, 그 후로 모두 경과가 양호하다 하고, 잡지기자 고목高木씨도 가슴을 맞아, 욱정 2정목 뇌호의원에서 역시 생명이 위독한 중이었으나, 그 후 경과가 양호하다 하며, 기술과장 능전綾田씨만은 바른편 팔과 가슴을 맞았으나, 총알이 갈비에 닿아 내부로 들어가지 않았으므로 경상이 되어, 영락정 식촌의원에서 치료를 받고 있는 중이었는데, 범인 나석주는, 자기 가슴을 세 번이나 쏜 중에 두 방이 가슴을 뚫고 나가, 총독부 의원에서 캄플주사로 일시 정신을 회복하였었으나, 약 1시간 반 가량 뒤에 그만 절명되고 말았다.……

이상 인용한 것은 당시 동아일보 호외의 제1면이어니와, 제2면은 전부 깎이어 보이지 않고, 제3면도 우리가 이미 알고 있는 그의 국내잠입 경로에 관한 기사 이외는 삭제요, 제4면도 사진만 남겨 놓고는 전면 삭제다.

이리하여 그의 비장한 최후는 일반에게는 널리 알려지지 않고 말았다. 곧 나석주는 식산은행과 동양척식회사를 차례로 습격하여 전후 7명의 왜적을 거꾸러뜨린 다음 거리로 달려나와 마침내 면하지 못할 것을 알자 즉시 군중을 향하여,

"우리 2천만 민중아! 나는 2천만 민중의 자유와 행복을 위하여 희생한다. 나는 조국의 자유를 위하여 분투하였다. 2천만 민중아! 분투하여 쉬지 말어라!"

큰소리로 외친 다음에 스스로 권총을 들어 저의 가슴을

쏘았던 것이다.……

나석주는 황해도 재령 사람이다. 강도 일본의 손에 우리의 국토와 주권이 잃어지던 해 그는 갓 스물의 청년이었다. 가난한 살림살이는 큰 뜻을 가슴에 품었으면서도 촌사람들로 더불어 밭갈고 김매어 매양 농사에 부지런하지 않을 수 없었으나, 언제까지 그렇듯 단지 구복口腹(뱃 속을 채움)을 위하여 청춘의 열정과 정력을 소모시켜 버릴 수는 없는 일이었다.

'구차스러이 목숨을 부지하여, 언제까지 왜적의 노예로 지낼 것이랴?…… 그렇다! 해외로 나가자! 나가서 동지를 규합하여 왜적을 쳐 물리치자!……'

그는 마침내 뜻을 굳게 결한 다음 가족을 데리고 성진城津을 거쳐 간도로 향하였다. 이때가 곧 1913년이니, 그의 나이 23세였다.

간도 나자구羅子溝(뤄쯔거우)에는 우리 손으로 설립된 무관학교가 있다. 나석주는 이곳에 입학하여 사격과 검도를 익히고, 전략과 전술을 배워 청년장교의 면목을 갖추었다.

그의 활약은 1921년부터 시작되었다. 곧 그는 이해에 몇몇 동지와 더불어 가만히 국내로 돌아와 은율군수를 타살하고 다시 중국으로 나갔다가, 이듬해 또다시 목선을 타고 황해 거친 바다를 건너 국내로 잠입하였던 것이다.

그는 안악군 내의 악질 친왜분자인 토호 모某를 총살한 것을 위시하여 불량배 소탕, 군자금 모집, 혁명사상 선전을 위시하여 황해도 일대를 휩쓴 다음에 탄약이 다하자 스스로 재거再擧(다시 거사를 일으킴)를 기약하고 다시 목선에 몸을 실어, 바다를 건너 상해로 갔다.

그 이듬해 곧 1923년 봄에 그는 중국 하남성(허난성) 한단에 있는 섬서(산시)육군 제1부 군사강습소 군관단을 필업畢業(군관단 일을 마침)하고 일시 중국 군대에 장교로써 복무하였다.

그가 또 한번 목선을 타고 고국으로 들어온 것은 1925년 여름의 일이다.

그는 국내에 잠복하여 가장 은밀히 모종의 공작을 개시

하였다. 그러나 왜적의 경계가 원체 엄하고 또한 모든 정세가 이를 허락지 않는다. 그는 결코 본의는 아니었으나 그대로 다시 해외로 나가는 수밖에 없었다.

그가 의열단원 유자명柳子明의 소개로 약산과 서로 만난 것은 그 이듬해 곧 1926년 5월 천진에서다. 두 혁명가는 서로 만남이 너무나 늦었음을 한탄하고 앞으로 손을 맞잡아 운동에 종사하기를 굳게 언약하였다. 나석주가 의열단에 가맹한 것은 바로 이때다.

그 뒤로 그는 천진을 근거로 하여 끊임없이 획책하고 준비한 끝에 마침내 그해 12월 왜적의 경제적 약탈의 총기관인 조선식산은행과 동양척식회사를 습격하기 위하여 다시 국내로 들어왔던 것이다. 그가 출발하기 직전에, 동지에게 보낸 편지는 곧 다음과 같다.

우근友槿(의열단원 유자명의 호) 형 회람. 재작일再昨日(그제) 마지막으로 상해 주소로 제弟의 영편일장影片一張(편지 한 장)과 제가 출발하는 사事를 서고書古(편지로 알림)이옵더니, 필야必也(아마도) 접수치 못하실 듯하옵기, 여시如是(다음에) 직접 광동으로 상고上告(윗사람에게 알림)합니다. 제는 꼭 음래陰來 16일에 왜선 21호 공동환 타고서 출발하기로 결정하였습니다. 휴대 금金(돈)이라고는 금화 20원 뿐입니다. 작탄 3개 단총 1개입니다. 외형은 천중복穿中服(뚫어진 옷)이고 잠깐 중인中人 행세하려 합니다. 불연不然(그렇지 않으면)하면 발로동시發露同時(시작하자 마자)에 필야 최후가 되갔지요? 별고사무別告事無(달리 다른 사고는 없음)합니다. 여축餘祝

형체도兄體度 내내 안녕하시며 원만한 대성공하심을.

음 11월 14일 제 회상回上
양 12월 17일 나석주

재고사再告事(다시 알림) 제가 아시는 분 제위諸位 선생님에게 체아청안위하替我請安爲何(나를 대신해 문안 인사를 여쭈어 주시기 바람).

제16

잊히지 않는 동지들

이상 제1차 암살계획으로부터 식산·동척 습격사건에 이르기까지 우리는 의열단 활동의 대강을 보아왔다. 그러나 우리가 이제까지 보아온 열두 개의 사건이 그 활동의 전부가 아니었음은 무론毋論(더 이상 논할 필요가 없음)이다.

1919년 11월 10일, 길림성 파호문 밖에서 약산 이하 13인의 동지가 모여 의열단을 조직한 이래로 1925년에 이르는 7년간, 그들이 계획하고 행동한 사건은 수백에 넘고, 일에 참여한 인원은 실로 수천으로써 헤이겠다.

우리는 그 가운데서 다만 세상에 드러난 가장 현저한

사실만을 이야기한 것이다.

이 7년간의 부절하는 폭력, 암살, 파괴, 폭동을 통하여 약산이 배운 것은 무엇이었나? 역시 그러한 수단·방법으로는 결코 독립을 얻을 수 없다는 사실이다. 도저히 혁명은 이루어지지 않는다는 사실이다.

그야 당초부터 그는 여간 암살과 파괴쯤으로 쉽사리 강도 일본을 구축하고 조국의 광복을 달성할 수 있다 믿은 것은 아니다.

그는 우선, 왜적에 대한 복수가 급하였다.

3·1운동 발발 당시에 독립선언서를 읽고 그 지도이론에 대하여 약산이 느낀 불만은 그것이 곧 현실에 대한 불만이었다. 타협 왜적과 사이에 대체 무슨 타협이 있을까?

약산은 생각하였다. 우선 가증한 왜적에 대하여 복수하자 이는 단순히 복수로만 그치지 않는다. 이것을 통하여 우리의 왕성한 비타협적 투지를 발현할 때 일반민중은 또한 크게 계발되고 각오하는 바가 있을 것이다. 민중이 각오할 때 우리의 혁명은 이루어진다. 약산은 그렇게 믿었던 것이다.

그러나 7년간의 부절하는 폭력도 구경宪竟(결국), 민중을 각오시키지는 못하였다.

민중을 각오시키는 것은 오직 탁월한 지도이론이다. 교육과 선전이다. 그밖에 다른 길은 없었다.

혁명은 곧 제도의 변혁이다. 몇몇 요인의 암살과 몇 개 기관의 파괴로는 결코 제도를 변혁할 수 없다.

제도를 수호하는 것은 곧 군대와 경찰이다. 이들의 무장 역량을 해제할 수 있어야 비로소 혁명은 달성되는 것이다.

그러함에는 전 민중이 각오하여야 하고 단결하여야 하고 조직되어야 한다. 전 민중의 일대 무장투쟁이 아니고는 강도 일본을 구축할 도리가 없다. 혁명을 달성할 길은 없다. 이렇듯 깨달았을 때, 약산은 민중을 무장시키기 전에 우선 자기자신부터 무장하리라 생각하였다.

곧 그는 일개 생도로서 군관학교에 입학하여 군사교육을 받으리라고 결심하였던 것이다.

이는 약산으로서 실로 비상한 결의이었다. 동지들은 대개는 약산의 이 비상한 결의에 크게 공명하였다. 그러나 또한 극력 반대하는 이도 아주 없지 않다. 김상윤金相潤 같은 사람이 그러하였다.

그는 의열단 결성 당초의 13인 중 1인이거니와, 제1차 암살파괴계획 때 국내로 들어가 곽경·이성우 등 동지로 더불어 활발히 공작하다가, 사전에 비밀이 발로되자 교묘히 몸을 빼쳐 엄중한 경계망을 뚫고 다시 중국으로 돌아온 사람이다.

당시 의열단은 7년의 역사와 대소 수백 건의 활약을 가져 세상에 그 존재가 뚜렷하였다. 그리고 따라서 이를 영도하는 약산의 명성은 자못 큰 것이 있었다.

그러한 터에 이제 약산은 조선독립운동에 관심을 가지고 있는 해내 해외海內海外 모든 사람의 기대를 저버리고 일개 군관학교 생도가 되려하고 있다. 김상윤은 약산이 도저히 본정신을 가지고 하는 말은 아니라고 처음에 생각하였었다.

그러나 뜻밖에도 약산의 결심은 굳었다. 김상윤은 도저히 그의 뜻을 굽힐 수 없다고 깨닫자, 그러면 그도 또한 하는 수 없는 일이니 부디 군관학교에는 들어가더라도 업을 필하는 대로 다시 의열단의 사업을 계속하고자 빌었다.

그러나 군관학교를 나온 약산은 그의 간절한 소원을 들어주려 안하고 동지들과 더불어 북벌*에 참가하고 말았다.

이에 이르러 김상윤의 실망은 컸다. 전장에 나간 사람이 어찌 다시 살아 돌아오기를 바라랴? 약산은 꼭 죽은 사람이다. 의열단도 이제는 더 볼 것이 없다.

그는 비관한 나머지에 복건성(푸젠성) 천주(취엔저우)에 있는 설봉사로 들어가 머리를 깎고 중이 되어 버렸다. 그리고 그 이듬해 약산과 동지들이 참가한 북벌이 성공을 하였을 무렵 그는 참선 중에 입적하였다.

약산의 주장에 김상윤처럼 적극 반대는 아니하였어도 끝까지 찬동하지 않은 동지에 유자명이라는 사람이 있다.

그는 1921년에 약산과 천진서 만나 곧 의열단에 가맹

* 북벌北伐 : 1926년부터 1928년까지 중국 국민당이 중국 공산당과의 협력으로 중국에 있던 군벌을 타도하기 위한 군사작전.

한 뒤로 단을 위하여 항시 꾸준한 노력이 있었다. 전후 2차의 북경 밀정 암살사건과 나석주 사건을 직접 지도한 사람은 바로 이 유자명이다. 그는 특히 나석주와 친분이 두터웠다. 앞서 인용한 나석주의 최후 서한에 '우근지형友槿志兄'이라 있거니와, 우근이란 곧 유자명의 호다.

그는 진실하고 총명한 동지로서 약산을 도와 모든 계획에 참여하였고 또 문건의 기초와 정리를 담당하여 왔다.

이 사람은 현재 중국에 머물러 있다 한다.

이렇듯 몇몇 동지의 반대도 있었으나 대다수의 동지는 약산의 주장에 공명하였다. 곧 이동화李東華는 국민혁명군 제2군 군관학교에 들어갔으며, 강세우姜世宇는 중산대학 정치과에 적을 두었고, 신악申岳·이영준李英俊·김종金鍾·이인홍李仁洪·왕자량王子良·양검楊儉·이병희李炳熙 등은 모두 약산과 함께 황포군관학교에 입학하였다. 이들 가운데 이병희 한 사람이 정치과요 나머지 동지들은 모두 군사과다.

이때 약산은 본명을 감추고 최림崔林이라는 이름으로

이 학교에서 군사교육을 받았다.

대저 약산은 의열단을 결성한 이래로 밀정의 이목을 피하고 그 종적을 황홀케 하기 위하여 경우를 따라서 혹은 이충李沖, 혹은 진국빈陳國斌, 혹은 김세량金世樑, 혹은 왕세덕王世德 등으로 명성名姓(이름)을 변하여 중국인 행세를 하여 왔거니와 이 최림이도 그가 자주 써오던 이름 중의 하나다.

상해 황포탄에서 전중의일田中義一(다나카 기이치)를 저격하려다 실패하고 왜적의 손에 잡힌 김익상이 일본 장기長崎로 호송된 뒤 편연 분감片淵分監에서 '최모'라는 사람에게 1차 통신이 있었다는 것은 우리가 이미 알고 있는 사실이거니와, 그 최모가 곧 최림이다. 왜적의 옥리는 최림이라니까 심상히 여겼던 것이나, 그것이 알고 보면 바로 약산 김원봉이었던 것이다.

약산 이하 많은 의열단 동지는 북벌에 참가하여 모두 공훈을 세웠다. 그중에도 이동화 동지의 분투에는 가히 상줄 만한 것이 있었다. 이동화란 왕년에 약산 지시로 형

가리 청년 마자알로 더불어 상해 법조계에서 폭탄 제조에
종사하던 바로 그 사람이다.

그는 북벌군의 기관창 연장連長으로써 남경 공략 시에
선봉으로 입성하였고, 또 선창宣昌(쉬안창)을 공략할 때에
도 항시 선두에 서서 조선 남아로서 만장의 기염을 토하
였던 것이다.

약산은 북벌을 마친 뒤 조선 혁명간부학교를 설립하여
혁명운동을 위한 인재육성에 힘썼거니와, 이동화는 이 학
교의 학도대 대장으로 공헌하는 바가 많았다.

때에 중국은 항일전쟁을 준비하느라 바빴다. 군사위원
회에서는 비밀반을 설치하고 작탄炸彈 교사를 물색 중에 있
었다. 마침내 조선의 혁명가 이동화가 이 방면의 권위라 하
여 고빙雇聘(자문을 요구받음)되었다. 이리하여 그는 중국 청년
에게 작탄 제조기술을 교수하기에 이른 것이다.

그러나 불행한 일이었다. 그는 그 뒤 학도들 앞에서 자
작 작탄을 실험 중에 자칫 실수하여 마침내 유위有爲(할 일
이 남아있는)한 인재가 조국의 해방을 못 보고 만리 이역에

서 순직하고 말았다.

중국군사위원회에서는 그의 죽음을 충심으로 서러워하여 성대히 또 정중히 장례를 집행하였다. 그는 풍광명미한 항주 서호 호반에 고요히 잠들고 있다.

약산과 함께 황포군관학교에를 다녔고 그곳을 나온 뒤에는 또 함께 북벌에 종군하였던 동지에 김종金鍾이란 이가 있다. 그는 전라도 담양 태생으로 의열단에 가맹한 것은 1921년의 일이다. 그도 충실한 동지였다. 약산이 뒤에 조직한 조선의용대에는 부대장으로서 눈부신 활약을 보였었다.

조국이 해방되던 때 하남에 있던 그는 상해로 나왔다. 그리고 그곳에서 약산과 함께 귀국하려 준비에 분망하였다. 그러나 운명은 작희도 심하다. 하룻 날 거리에 나갔던 그는 뜻밖에도 자동차 사고로 하여 조국산천을 다시 두번 대하지 못한 채 가장 허무한 죽음을 이루고 만 것이다.

동지는 아니면서 의열단에 대하여 은근히 동정을 표하여 온 사람은, 그 수가 결코 적지 않다. 그 가운데 여류화가로 한때 이름이 높던 나혜석羅惠錫이 있다. 약산은 면식이 없었으나, 단원 박기홍朴基弘이 그를 잘 알고 있었던 것이다.

일찍이 박기홍은 처치하기에 곤란한 한 자루 단총을 그에게 맡겼던 적이 있다. 나혜석은 당시 안동현 부영사의 부인이었으므로 그의 집처럼 안전한 은닉장소도 드물 것이었다. 그로써 얼마 지나지 않아 박기홍은 계획한 일이 사전에 드러나 왜적의 손에 검거되고 이어 형을 받았다.

형기를 마치고 다시 세상구경을 하게 된 그는 그 뒤 우연한 길에 나혜석을 찾았다. 그가 가장 뜻밖이었던 것은 이 여류화가가 전에 맡겼던 그 위험하고 불온한 위탁물 단총을 그때까지 보관하였다가 도루 내어준 일이다. 나혜석은 의열단의 비밀을 위하여 이 사실을 자기 부군에게도 알리는 일 없이 밤마다 베고 자는 베갯속에 이를 간직하여 지내온 것이었다.……

나는 이 작은 책자 속에서 젊은 시절의 약산 선생과 선생이 영도하던 '의열단'에 관하여 되도록 상세히 기록하였다. 우선 의열단을 위한 기록으로는 이만한 정도로 족하지나 않을까 생각된다. 그러나 선생을 위하여서는 실로 그의 투쟁사의 첫 한 페이지에 불과한 것이다.

1919년으로부터 1925년에 이르는 7년간 곧 선생이 의열단을 통하여 부절히 공포행동을 계획하고 조직하고 지휘하던 한 시기를 거쳐, 황포군관학교에서 정치와 군사를 연구하고 업을 필하자 곧 중국국민혁명군의 북벌에 참가하였던 것은 본문에서도 잠깐 언급한 바 있었거니와, 북벌을 마치자 선생은 동지로 더불어 북경에서 비밀정치학교를 설립하여 군사와 정치 두 방면의 인재를 육성하였고, 1932년에는 다시 남경에서 '조선혁명간부학교'를 창설하여 3년간에 수백 인의 혁명간부를 내었으며, 또 혁명을 달성함에는 우선 분산되어 있는 우리의 혁명역량부터 통합하여야 한다 생각하고, 1935년 여름 마침내 '신한독립당', '대한독립당', '조선혁명당', '조선의열단'을 병합하여 '조선민족혁명당'을 결성하였고, 1937년에 중국이 강도 일본에 대하여 저 위대한 항전을 전개하게 되자 선생도 이에 호응하여, 1938년 10월 10일 한구漢口(한커우)에서 '조선의용대'를 조직하여 적극 항전에 참가 분투하였으니, 선생이 한번 큰 뜻을 품고 해외로 나간 뒤 30년 동안 그는 실로 한때라 그 활동을 중지한 적이 없다. 이리하여 선생의 투쟁사는 오히려 '의열단' 이후에 한층 더 빛나는 바가 있는 것이다.

그러나 선생은 결코 한갓 과거의 혁명투사로서만 기록

에 남을 인물이 아니다. 나이 20에 이미 40장년의 식견과 노성老成함을 갖추었던 선생은 장구한 기간 허다한 투쟁을 열력閱歷(여러 일을 겪으며 지내 옴)하고 난 50당년 오늘날에 있어서도 오히려 30청년의 기개와 정열을 상실치 않고 있는 것이다.

선생은 이제까지 언제나 시대와 함께 민중과 더불어 있어 왔다. 앞으로도 그러할 것이다. 그는 결코 한층 높은 곳에가 서서 민중을 지휘하고 명령하고 질타하는 세소위世所謂(세상에 흔히 말하는) 지도자가 아니다. 선생은 민중 속에 파고들어 항시 민중과 함께 생각하고 또 행동하는 사람이다. 그는 결코 남의 위에 서려 않는다. 다만 민중이 선생에게 그러기를 원하므로 하여 한 걸음 앞을 설 뿐이다.

의열단에 관한 문헌·자료는 지극히 빈약하다. 단원 유자명의 손에 된 『의열단간사義烈團簡史』, 그리고 수삼數三(몇몇) 동지의 단간령묵斷簡零墨(단편적으로 남은 편지나 문서)이 근근히 보존되어 있을 뿐이다. 나는 이 기록을 위하여 가능한 한도에서 당시의 신문기사를 참조하였고, 더 많이 선생 자신의 기억력에 의거하였다.

선생이 지금은 이미 없는 옛 동지들의 이야기를 내게 들려줄 때, 나는 그들에 대한 선생의 뜨거운 애정을 내 자신 가슴 깊이 느끼지 않을 수 없었다. 구경究竟(구술의 마지막에 도달) 나의 이 적은 기록은 선생이 옛 동지들에 대한 뜨거운 사랑에서 생겨난 것이었다.

1947년 5월

저자 識

김원봉의 항일 투쟁 암살 보고서

약산과
의열단

초판 발행 | 2000년 8월 15일
개정판 1쇄 발행 | 2015년 10월 12일
2쇄 발행 | 2019년 4월 12일

저   자 | 박태원
펴낸이 | 박현숙
펴낸곳 | 도서출판 깊은샘

등   록 | 1980년 2월 6일 제2-69
주   소 | 서울특별시 용산구 원효로80길 5-15 2층
전   화 | 02-764-3018~9
팩   스 | 02-764-3011
이메일 | kpsm80@hanmail.net

디자인 | 파피루스
인   쇄 | 임창피앤디

ISBN 978-89-7416-242-9 03800